KB254063
Hyewon World Best
황금을 바구니에 가득 담아
후손에게 물려 주는 것보다
한 권의 책을 가르쳐 주는 것이 낫다.
재물은 쓸수록 없어지지만
지식과 지혜는 사용할수록 늘어나기 때문이다.

Hyewon World Best

황금을 바구니에 가득 담아
후손에게 물려 주는 것보다
한 권의 책을 가르쳐 주는 것이 낫다.
재물은 쓸수록 없어지지만
지식과 지혜는 사용할수록 늘어나기 때문이다.

50

The Last Lesson

마지막 수업 · 별

알퐁스 도데 지음 / 전혜경 옮김

惠園出版社

수많은 별들이 커다란 양 떼처럼
우리들 둘레에서 소리 없이 움직이고 있었다.
가끔 나는 이 별들 가운데
가장 아름답고 가장 빛나는 별 하나가 길을 잃고
내 어깨에 와서 잠든 것이라고 생각하곤 했다.

〈별〉 중에서

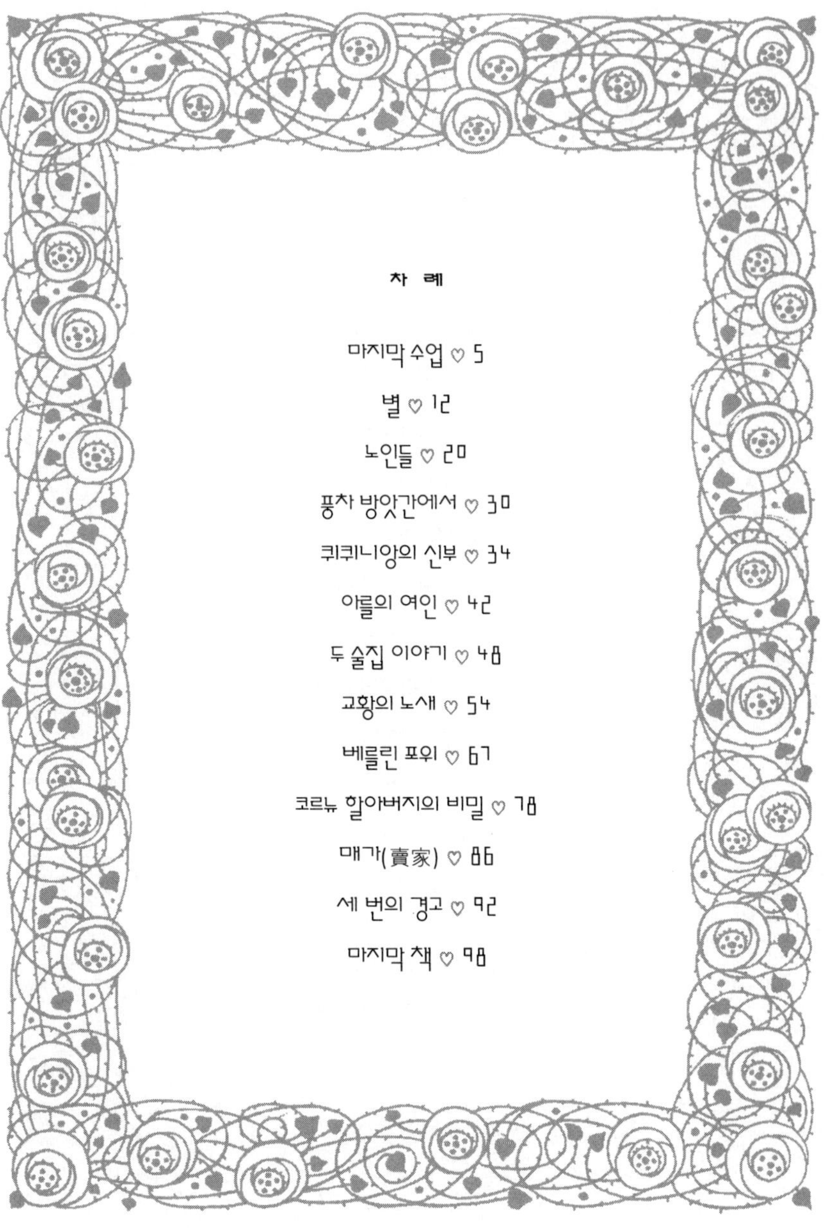

차 례

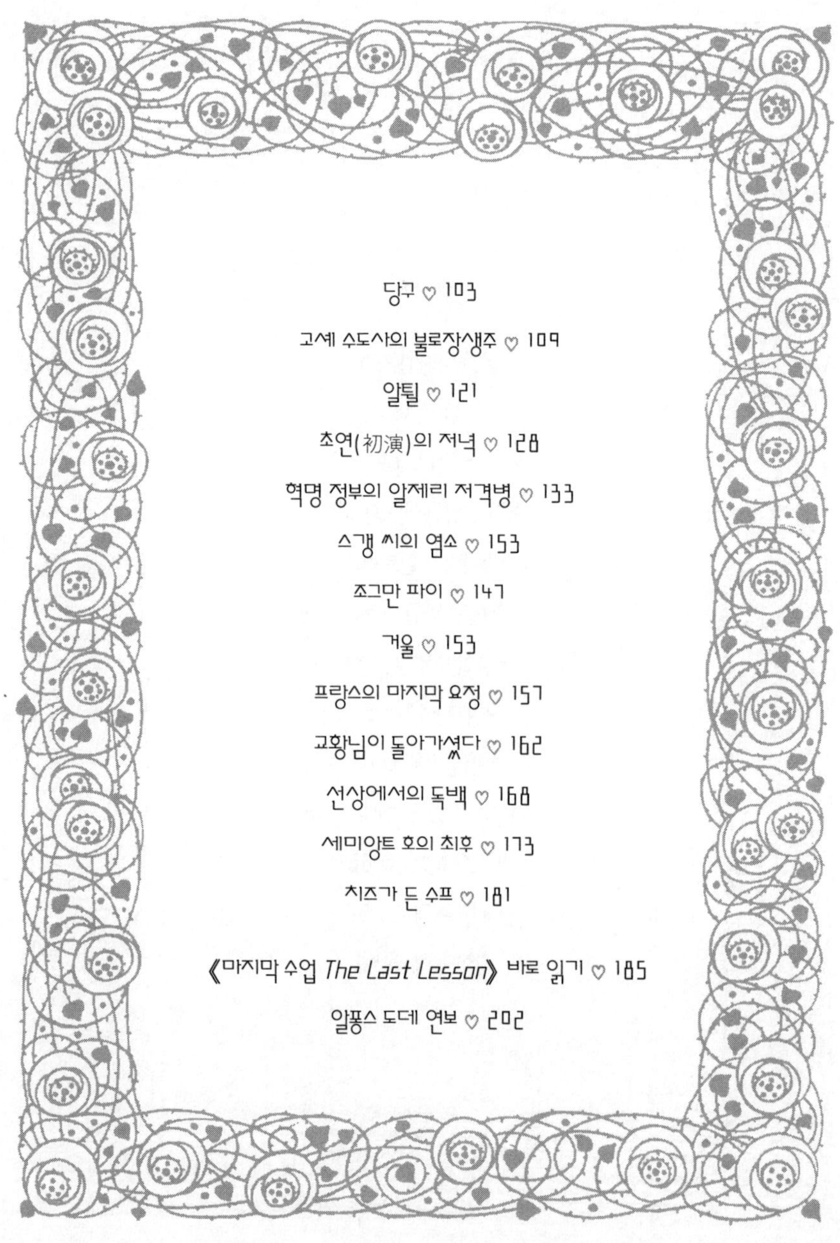

마지막 수업
— 어느 알자스 소년의 이야기 —

하필이면 나는 아멜 선생님이 분사(分詞)에 대해 질문하겠다고 한 날 아침 지각을 하고 말았다. 분사에 대해 전혀 모르는 나는 꾸중을 듣게 될까 봐 매우 걱정이 되었다. 차라리 학교에 가지 말고 산으로 놀러 갈까 하는 생각도 들었지만 그럴 수는 없었다.

날씨는 맑고 화창했다. 숲 속에서는 티티새가 지저귀고, 제재소 뒤의 리페르 벌판에서는 프러시아 군인들의 구령 소리가 들려왔다. 이 모든 소리들은 분사의 규칙보다 훨씬 감미롭게 유혹했지만 나는 그 유혹을 물리치고 학교를 향해 힘껏 달렸다.

면사무소 앞을 지나치는데 게시판 앞에 사람들이 모여 있는 것이 보였다. 벌써 7년 전부터 모든 좋지 않은 소식들, 즉 패전이나 징발, 프러시아 군사령부의 명령 등이 바로 이곳에 게재되고 있었다. 나는 달리면서 생각했다.

'또 무슨 일이 일어난 걸까?'

내가 막 광장을 지나가려는데 견습공과 함께 그곳에서 게시판을 읽고 있던 대장간의 바시텔 할아버지가 내게 소리쳤다.

"얘야! 그렇게 서둘러 갈 필요 없다. 어차피 지각은 하지 않을 테니까!"

나는 할아버지가 놀리려는 것이라 생각하고 숨을 헐떡거리며 아멜 선생님의 조그마한 교정으로 뛰어들어갔다.

보통때 같으면 수업이 시작될 때는 길에서도 와자지껄한 소리가 들려 오게 마련이었다. 책상을 여닫는 소리, 제각기 잘 외우려고 귀를 틀어막고 책을 읽어 대는 소리, 거기다가 '좀 조용히 해!' 하며 교탁을 두드리는 선생님의 큰 자막대기 소리가 큰길까지 들릴만큼 떠들썩했다. 나는 이런 북새통을 틈타 선생님 몰래 살그머니 내 자리로 가서 앉으려고 했다.

그런데 그날은 이상하게도 일요일 아침처럼 너무나 조용했다. 열린 창문 너머로 벌써 제자리에 앉아 있는 친구들과 그 무서운 쇠막대기를 겨드랑이에 끼고 왔다갔다하는 아멜 선생님의 모습이 보였다.

나는 하는 수 없이 문을 열고 이 어마어마한 고요 속으로 들어가야만 했다. 순간 얼마나 창피하고 겁이 났는지 모른다.

그런데 뜻밖이었다. 아멜 선생님은 화를 내시기는커녕 나를 바라보시며 부드럽게 말씀하셨다.

"프란츠, 어서 네 자리로 가서 앉거라. 너를 빼놓고 수업을 시작할 뻔했구나."

나는 얼른 내 자리로 가서 앉았다. 두려움이 좀 가신 다음에야 나는 선생님이 성장(盛裝)을 하고 있는 걸 알아 보았다. 장학관이 오는 날이나 상장을 수여하는 날이 아니면 입지 않는 멋진 초록빛 프록 코트에 잔주름이 잡힌 레이스 장식을 가슴에 달고, 멋진 수가 놓인 테 없는 검은 벨벳 모자를 쓰고 계셨다. 게다가 교실 전체에 뭔가 고요하고 엄숙한 기운이 감도는 듯했다.

언제나 비어 있던 교실 뒤쪽 걸상에 마을 사람들이 우리들처럼 조용히 앉아 있는 것이 무엇보다도 나를 놀라게 했다. 삼각 모자를 쓴 오제 영감님, 은퇴하신 면장님과 집배원 아저씨, 그 밖에 또 다른 많은 사람들이 앉아 있었다. 그들은 한결같이 슬픈 표정이었다. 특히 오제 영감님은 가장자리가 닳은 프랑스 문법책을 무릎 위에 펴놓고 커다란 안경을 그 위에 올려놓고 있었다.

내가 이런 모든 것에 놀라고 있는 동안, 아멜 선생님은 교단 위로 올라가서 나를 맞이할 때처럼 부드럽고 엄숙한 목소리로 말씀하셨다.

"여러분, 오늘이 내가 여러분을 가르치는 마지막 수업입니다. 이제부터 알자스와 로렌 주의 학교에서는 독일어만 가르치라는 명령이 베를린에서 왔습니다. 내일 새 선생님이 오실 것입니다. 오늘은 마지막 프랑스 말 수업이니 아무쪼록 열심히 들어 주세요."

이 몇 마디 말에 나는 정신이 아찔했다. 맙소사! 면사무소에 게시한 게 바로 이것이었구나. 마지막 수업이라니! 나는 이제 겨우 글자를 쓸 수 있을 정도인데. 그럼, 이제 영원히 프랑스 어를 배울 수 없단 말인가!

여기에서 끝나야 하다니……. 새 둥지를 찾아다닌 일, 사르 강에서 얼음을 지치느라 수업을 빼먹은 일 등 순간 그 동안 헛되이 보낸 시간들을 얼마나 후회했는지 모른다. 조금 전까지만 해도 그토록 무겁고 따분하게 느껴지던 문법책과 성서 등이 이제는 좀처럼 헤어지기 싫은 오래 사귄 친구처럼 친근하게 느껴졌다. 아멜 선생님 또한 마찬가지였다. 이제 떠나시면 다시는 아멜 선생님을 만날 수 없을 것 같은 생각이 들자 벌받은 일, 쇠자로 얻어맞던 기억들이 새삼스럽게 떠올랐다.

가엾은 선생님!

아멜 선생님은 이 마지막 수업을 위해서 예복을 차려입은 것이다.

나는 마을 노인들이 왜 교실 뒤쪽에 와서 앉아 있는지를 비로소 알게 되었다. 그들은 모두 학교에 좀더 자주 찾아오지 못한 것을 뉘우치고 있는 듯했다. 또한 40년 동안 봉사하신 우리 선생님에 대한 감사의 표시이며, 사라져 가는 조국에 대한 자신들의 의무를 다하기 위해 와서 앉아 있는 것 같았다.

내가 이런 생각에 잠겨 있을 때, 내 이름을 부르는 소리가 들려 왔다. 내가 외울 차례였다. 그 문제의 분사 규칙을 큰 소리로, 분명하게, 하나도 틀리지 않고 줄줄 외울 수 있기를 얼마나 바랐던가! 하지만 나는 첫마디부터 막혀서 고개를 들지 못하고 의자 위에서 몸만 비틀며 서 있었다. 아멜 선생님이 내게 말씀하셨다.

"나는 너를 나무라지는 않겠다. 프란츠, 너는 이미 충분히 벌을 받은 거야. 결국 이렇게 되고 말았구나. 우리는 언제나 이렇게 생각하지. '시간은 얼마든지 있어. 내일 배우면 되지, 뭐.' 그런데 그 결과는 지금 네가 보는 그대로란다. 아! 언제나 교육을 내일로 미룬 것이 우리 알자스의 가장 큰 불행이었지. 이제 저 프러시아 사람들은 우리에게 이렇게 말할 거다. '뭐야, 프랑스 말을 읽을 줄도 쓸 줄도 모르면서 프랑스 사람이라고?' 하지만 프란츠야, 그것은 네 잘못만은 아니란다. 우리들 모두가 스스로 반성해야 해. 너희 부모님들은 너희들이 열심히 공부하도록 애쓰지 않았어. 몇 푼 더 벌겠다고 너희들을 밭이나 실 뽑는 공장으로 일하러 내

보냈지. 그렇다면 나 자신은 반성할 일이 없을까? 가끔 공부 대신에 정원에 물 주는 일을 시켰었지? 송어 낚시를 가고 싶어하면 망설이지 않고 너희들을 쉬게 했었지……"

그러고 나서 아멜 선생님은 프랑스 말에 대해서 여러 가지 말씀을 해 주셨다. 그것은 프랑스 말이 세계에서 가장 아름답고, 가장 분명하고, 가장 훌륭한 말이라는 것, 따라서 우리는 그 말을 잘 간직하고 결코 잊어서는 안 된다는 것, 그것은 한 민족이 노예가 되더라도 자기 나라의 말만 지키고 있으면, 그것은 감옥의 열쇠를 쥐고 있는 것이나 다름없다는 것 등등…….

그리고 선생님은 문법책을 들고 우리가 배울 부분을 읽어 주셨다. 나는 내가 이처럼 쉽게 이해할 수 있다는 데 놀랐다. 선생님이 말씀하신 그 모든 것이 금방 이해되었다. 하긴 나는 그토록 정신을 집중하고 귀를 기울여 수업을 들은 적이 거의 없었다. 가없은 선생님은 마치 떠나시기 전에 알고 있는 모든 것을 우리에게 모두 가르쳐 주시려는 듯했고, 한꺼번에 우리의 머릿속에 넣어 주시려는 것같이 느껴졌다.

문법 시간이 끝나고 쓰기를 시작했다. 그날 아멜 선생님은 새로운 글씨본을 준비해 오셨는데, 거기에는 예쁜 글씨체로 '프랑스, 알자스, 프랑스, 알자스'라고 씌어 있었다. 그것은 교실 가득히 휘날리는 책상에 매달린 조그만 깃발 같았다.

그때 모두들 얼마나 열심히 쓰고, 얼마나 조용했던지. 오로지 종이 위에서 펜이 움직이는 소리만이 들렸다. 잠시 풍뎅이 몇 마리가 날아들어와 윙윙거렸지만 누구 한 사람 신경쓰지 않았다. 꼬마들까지도 온 정성을 쏟아 용기와 신념으로 프랑스 글자의 한 획 한 획의 사선을 긋는 데 열중했다…….

학교 지붕 위에서는 비둘기들이 작은 소리로 울고 있었다. 구구구구. 나는 그 소리를 들으며 생각했다.

'그들은 저 비둘기들에게조차 독일 말로 지저귀라고 강요하지 않을까?'

가끔씩 책에서 눈을 들어 보면 아멜 선생님은 교단에서 꼼짝하지 않고 계셨다. 마치 이 조그만 학교의 모든 것을 눈 속에 넣기라도 하려는 듯이 주위의 물건들을 응시하고 있었다…….

아멜 선생님은 지난 40년 동안을 늘 운동장이 바라다보이는 자리에서 지내셨다. 달라진 것이라곤 오래 사용해서 이제는 낡을 대로 낡은 책상과 걸상, 키가 훌쩍 자란 호두나무, 이제는 창과 지붕을 가릴 정도로 뻗어 있는 선생님이 손수 심은 호프나무뿐이었다.

이 모든 것들을 떠나야 하고, 위층 방에서 짐을 싸느라 왔다갔다하는 누이동생의 발소리를 듣는 것이 이 가엾은 선생님에게는 얼마나 슬픈 일일까? 선생님과 누이동생은 내일이면 영원히 이곳을 떠나야만 한다.

그런데도 선생님은 우리에게 마지막 수업을 계속하셨다. 쓰기 다음에는 역사를 공부했다. 그런 다음 꼬마들은 다 함께 '바·베·비·보·부'를 노래했다.

교실 뒤쪽에서는 오제 영감님이 안경을 끼고 《아베세 독본》을 두 손으로 들고 아이들과 함께 한 자 한 자 천천히 읽었다. 그 역시 열심이었으며 부푼 감동으로 목소리가 떨렸다. 그의 목소리는 몹시 우스꽝스러워서 우리는 웃어야 할지 울어야 할지 몰랐다.

아! 나는 이 마지막 수업을 평생 잊지 못할 것이다.

때마침 교회의 괘종 시계가 정오를 알렸다.

그리고 알젤뤼스(아침, 점심, 저녁 기도식)를 알리는 종 소리, 그와 동시에 훈련을 끝내고 돌아오는 프러시아 병사들의 나팔 소리가 창 바로 밑에서 울려 퍼졌다.

아멜 선생님은 창백한 얼굴로 교단에서 일어섰다. 그때처럼 선생님이 커 보인 적이 없었다.

"여러분."

선생님은 입을 열었다.

"여러분, 나는…… 나는……."

선생님은 목이 메어 끝내 말을 맺지 못했다. 그리고 칠판 쪽으로 돌아서더니 분필 한 개를 집어 들고는 있는 힘을 다해서 커다랗게 글씨를 썼다.

"VIVE LA FRANCE(프랑스 만세)!"

그러고는 한참을 벽에 머리를 기댄 채 서 있다가 말없이 우리에게 손짓을 했다.

"이제 다 끝났어…… 모두 돌아가거라……."

별
— 프로방스의 어느 목동 이야기 —

뤼브롱 산에서 양치기를 하던 시절, 나는 몇 주일 동안이나 사람이라고는 구경도 못 한 채 라브리라는 개와 양 떼를 돌보며 목장에 남아 있었다. 가끔 몽 드 뤼르 산의 수도사들이 약초를 캐러 지나가거나 피에몽 산의 숯 굽는 사람의 시꺼먼 얼굴을 보는 게 고작이었다. 그러나 이들은 외로운 생활에 젖어 있어서 말수가 적었다. 또한 사람들과 이야기하는 흥미를 잃어버려서 산기슭의 동네나 읍에서 일어난 일에 대해서 전혀 모르는 소박한 사람들이었다.

그렇기 때문에 보름마다 식량을 날라다 주는 우리 목장 노새의 방울 소리를 들을 때나 꼬마 미아로의 명랑한 얼굴이나 늙은 노라드 아주머니의 다갈색 모자가 언덕 위로 차츰차츰 나타나는 것을 볼 때면 나는 너무나 기뻐서 어쩔 줄을 몰랐다.

나는 그들에게서 누가 세례를 받았다든가 또는 누구의 결혼식이 있었다든가 하는 산기슭 마을의 소식을 들었다. 그러나 무엇보다도 이 근처에서 가장 아름다운 우리 주인댁 따님인 스테파네트 아가씨의 소식을 듣는 것이 가장 기뻤다. 나는 별로 흥미없는 체하면서 아가씨가 파티에 자주 가는지, 또 저녁에 자주 마을에 가는지 어떤지, 또 매일같이 낯선 젊은이들이 아가씨에게 환심을 사려고 찾아오는지 하는 것들을 물어 보곤 했다. 산에 있는 보잘것 없는 양치기 주제에 그런 일들이 무슨 상관 있느냐고 하는 사람이 있다면 나는 이렇게 대답할 것이다. 내 나이 이제 스무 살이고, 스테파네트 아가씨는 내가 이제껏 본 사람 중에서 가장 아름다운 아가씨라고.

내가 식량을 기다리던 어느 일요일, 늦게까지 아무도 나타나지 않았다. 아마 아침 나절에 큰 미사가 있어서려니 생각했다. 오후가 되자 갑자기 소나기가 쏟아지기 시작했다. 세 시쯤 되어서 나뭇잎들이 깨끗이 씻기고 산이 물과 햇빛으로 반짝거릴 때, 나뭇잎에 고인 물방울 떨어지는 소리와 골짜기의 물이 불어 넘쳐 흐르는 소리에 섞여 부활절에 울리는 종 소리만큼이나 명랑하고 경쾌한 나귀의 방울 소리가 들려 왔다. 놀랍게도 노새를 끌고 온 것은 꼬마 미아로도, 노라드 아주머니도 아니었다. 그럼 누구였을까? 그건 바로 우리 아가씨였다. 산의 공기와 소나기가 내린 뒤의 상쾌함으로 볼이 발그스름해진 아가씨가 버들고리 틈에 똑바로 앉아 있었다.

눈부신 스테파네트 아가씨는 노새 등에서 내리면서 꼬마 미아로는 앓아 누웠고, 노라드 아주머니는 휴가를 받아 아이들을 보러 집엘 갔다고 말했다. 늦어진 것은 도중에 길을 잃어서라는 것도 말해 주었다. 그러나 꽃 리본과 화려한 스커트, 레이스로 꾸민 아가씨를 보니 숲에서 길을 잃어 헤맸다고 보기는 어려웠다. 오히려 무도회에서 춤을 추다 늦은 듯한 모습이었다.

아아, 귀여운 아가씨! 아가씨는 아무리 보아도 싫증이 나지 않았다. 이처럼 가까이서 아가씨를 본 것은 처음이었다. 양 떼가 평지로 내려간 겨울철에 저녁 밥을 먹으러 농장으로 돌아갔다가 거실을 가로질러가는 아가씨를 몇 번 본 적은 있었다. 아가씨는 일꾼들과는 전혀 말을 하지 않았다. 언제나 화려한 옷차림에 약간 거만한 태도였는데……. 그런 아가씨가 지금 내게 볼일이 있어서 왔다. 오로지 나만을 위해서. 그러니 내 가슴이 어찌 두근거리지 않겠는가?

스테파네트 아가씨는 바구니에서 식량을 꺼내 놓자마자 신기한 듯 사방을 두리번거렸다. 아름다운 나들이 스커트가 찢어질까 봐 살짝 들어올리고 아가씨는 목장 안으로 들어갔다. 내가 자는 곳이며, 양모피를 깔아 놓은 짚자리, 벽에 걸린 커다란 모자가 달린 외투, 지팡이, 화승총 등을 신기해하며 만지작거렸다. 이런 모든 것들이 아가씨를 즐겁게 해 주는 듯했다.

"여기가 목동님이 사는 곳이에요? 아이, 딱해라! 혼자 지내려면 얼마나 쓸쓸할까……. 무얼 하며 지내요, 무슨 생각을 해요?"

'아가씨, 아가씨 생각을…….'

나는 이렇게 말하고 싶었다. 사실 그 말이 거짓말은 아니었으니까. 하지만 나는 얼굴이 붉어져서 아무 말도 할 수가 없었다. 아가씨도 내가 당황한 것을 눈치챈 듯했으나 짓궂게도 즐거워하는 것 같았다.

"목동님, 마음씨 고운 여자 친구도 가끔 놀러 오지요? 그 아가씨는 아마도 황금 염소이거나 산봉우리를 뛰어다니는 에스테렐 요정일 거예요……."

고개를 젖히고 예쁘게 웃으며 내게 말하는 모습이나, 이 만남

이 환상처럼 느껴지도록 나를 만나자마자 떠날 준비를 하는 아가씨야말로 요정 에스테렐 같았다.

"잘 있어요, 목동님."

"안녕히 가세요, 아가씨."

아가씨는 곧 빈 바구니를 가지고 비탈진 산길로 사라졌다. 그러자 노새 발굽 아래 나뒹구는 조약돌이 하나 둘 내 심장 위로 떨어지는 것처럼 느껴졌다. 오래도록 그 소리의 여운이 귓가에 맴돌았다. 그리고 해질녘까지 꿈에 취해 꼼짝도 할 수 없었다. 계곡이 저녁 어스름으로 푸르스름해지고, 양들이 '울타리'로 돌아가려고 서로 몸을 기대고 울고 있었다. 그때 언덕 저편에서 누군가 나를 부르는 소리가 들리는 듯하더니, 잠시 뒤 아가씨가 나타났다. 조금 전의 명랑하던 모습은 찾아볼 수 없고, 추위와 두려움과 흠뻑 젖은 옷 때문에 오들오들 떨고 있었다. 아가씨는 산기슭에서 소나기로 물이 불어난 소르그 강을 굳이 건너가려다가 하마터면 빠질 뻔했다고 했다.

그런데 난처하게도 이미 날이 어두워져 아가씨 혼자 집으로 돌아가기는 어려웠다. 지름길이 있기는 하지만 아가씨 혼자서는 찾기 힘들 것 같았다. 나 또한 양 떼를 떠날 수는 없는 노릇이었다. 아가씨는 몹시 괴로워했다. 산에서 밤을 지내야 하는 것과 가족들이 걱정할 것이라는 생각 때문이었다. 나는 최선을 다해 아가씨를 위로했다.

"아가씨, 7월은 밤이 짧으니까 조금만 참으세요."

나는 아가씨의 발과 소르그 강물에 흠뻑 젖은 옷을 말리도록 부랴부랴 불을 피웠다. 양젖과 치즈도 가져왔다. 그러나 가엾은 아가씨는 불을 쬐기는커녕 먹으려고도 하지 않았다. 이윽고 아가씨의 눈에 구슬 같은 눈물이 고였다. 그걸 보는 순간 나도 그만 울고 싶어졌다.

어느덧 밤이 되어 먼지같이 약한 빛을 내던지는 해가 산 능선 서쪽에 조금 걸쳐 있을 뿐이었다. 나는 아가씨에게 목장 안으로 들어가서 쉬라고 했다. 깨끗한 모피를 새 짚 위에 깔아 주고는, '안녕히 주무세요' 하고 아가씨에게 인사하고는 문 밖으로 나와 앉았다……. 내 애틋한 사랑의 불꽃은 마치 피가 끓어오르는 것처럼 격렬했다. 하지만 하느님은 아시겠지만 나는 조금도 나쁜 생각은 하지 않았다. 양들이 목장 한쪽 구석에 잠들어 있는 아가씨를 신기한 듯이 바라보는 듯했다. 아가씨는 다른 어떤 양보다도 내게 더 소중하고 순결했다. 주인댁 아가씨가 바로 내 곁에서 보호를 받으며 마음놓고 쉬고 있다고 생각하니 매우 흐뭇했다. 지금껏 하늘이 이처럼 높고 별이 이처럼 반짝여 보인 적이 없었다. 그때 갑자기 울타리의 사립문이 열리며 아름다운 스테파네트 아가씨가 나타났다. 잠을 이룰 수 없었던 것이다. 양들이 짚을 부스럭거렸고, 잠결에 매애 하고 울기 때문이었다. 아가씨가 모닥불 가까이 다가오자 나는 내 양피를 아가씨 어깨에 덮어 주었다. 그리고 불꽃도 활활 타오르도록 돋우었다. 아무 말 없이 우리는 나란히 앉아 있었다.

만일 당신이 별빛 아래에서 밤을 새운 적이 있다면 아마도 알 것이다. 모두가 잠든 이 시각에 어떤 신비로운 세계가 고독과 정적 속에서 눈을 뜬다는 것을……. 그때 샘물은 더욱더 맑은 소리로 노래하고, 연못은 조그마한 불꽃들을 밝힌다. 모든 산의 요정들도 자유롭게 오고간다. 대기속에서는 귀 기울여 듣지 않으면 잘 들리지 않는 소리마저 들려 온다. 마치 나뭇가지가 자라고 샘물이 솟는 듯한 소리가. 낮은 살아 있는 것의 세상이지만 밤은 죽은 것의 세상이다. 그러나 그런 것에 익숙하지 못한 사람은 밤을 두려워한다. 아가씨가 바스락거리는 소리만 나도 몸을 파르르 떨며 내게 바짝 다가온 것도 그 때문이었다. 한 번은 길고 음울한 소리가 아래쪽 반짝거리는 연못에서 흘러 나와 물결치며 우리 쪽으로 들려 왔다. 바로 그 소리에 한 줄기 빛이 달린 것처럼 때마침 아름다운 별똥별 하나가 우리 머리 위쪽 같은 방향으로 흘러갔다.

"저게 뭐예요?"

스테파네트 아가씨가 나지막한 목소리로 내게 물었다.

"천국으로 들어가는 영혼이에요."

내가 십자를 그으며 대답하자 아가씨도 따라 했다. 잠시 후 하늘을 바라보며 명상에 잠겼던 아가씨가 내게 말했다.

"목동들은 모두 요술쟁이라는 거 사실이에요?"

"아니에요, 아가씨. 우리는 별과 가장 가까이 살기 때문에 평지에 사는 사람들보다는 별에서 일어나는 일을 조금 잘 알 뿐이에요."

양피에 싸인 아가씨는 마치 하늘의 작은 목동인 듯했다. 한 손으로는 여전히 머리를 받치고 하늘을 쳐다보고 있었다.

"어머나, 별이 참 많네! 아이, 아름다워! 이렇게 많은 별은 처음 봐…… 목동님은 저 별들의 이름을 아세요?"

"물론이죠. 자 들어 보세요! 바로 우리 머리 위에 있는 저 별은 '성 야곱의 길(은하수)'이에요. 프랑스에서 곧장 스페인까지 뻗어 있지요. 사라센과 용감히 싸우는 샤를마뉴 대제에게 길을 가르쳐 준 것이 바로 갈리스의 성 야곱이에요.

그 옆의 반짝이는 네 개의 차축이 달린 별은 '영혼의 수레(큰곰자리)'이구요. 또 그 앞의 세 별은 '세 마리의 짐승', 그리고 세 번째 '말' 옆의 아주 작은 저 별은 '마부' 별이에요. 그 주위에 별 줄기가 온통 내리 쏟아지는 것 보이세요? 하느님은 저 영혼들을 하늘에 두고 싶지 않아 하세요…….

좀더 아래쪽에 있는 별은 '삼왕성'이라고도 불리는 '쇠스랑', 즉 오리온 성좌예요. 우리 양치기들에게 시계 노릇을 해 주는 별이지요. 지금은 자정이 지났어요. '삼왕성'을 보면 알 수 있지요. 그보다 조금 아래 남쪽에서 빛을 내고 있는 것이 '장 드 밀랑(시리우스)'이랍니다. 하늘의 횃불이라고도 할 수 있지요. 저 별에 관해서는 양치기들 사이에 이런 이야기가 전해져 온답니다.

어느 날 '삼왕성'은 좀더 남쪽에 있는 별의 결혼식에 초대를 받았어요. 별들 중에 '병아리장'이 제일 먼저 서둘러 떠나 높은 길로 갔지요. 저기 저 하늘 속을 보세요. 이 '병아리장'을 '삼왕성'이 낮은 길로 질러가 앞섰어요. 게으름뱅이 '장 드 밀랑' 별은 늦도록 자고 맨 꼴찌로 출발했지요. 화가 난 '장 드 밀랑' 별은 '삼왕성'과 '병아리장'을 멈춰 서게 하려고 지팡이를 던졌어요. 그래서 '삼왕성'을 '장 드 밀랑'의 지팡이라고도 부른답니다…….

하지만 아가씨, 수많은 별들 중에 가장 아름다운 별은 바로 우리 '양치기의 별'이에요. 우리 양치기들이 양 떼를 데리고 목장으로 내려가는 새벽녘이나 양 떼를 몰아 울 안으로 돌아오는 저녁때면 늘 비춰 주곤 하지요. 우리는 이 별을 '마글론'이라고도 부르지요. 7년에 한 번씩 아름다운 '마글론'은 '피에르 드 프로방스(토성)' 뒤를 쫓아가서 결혼을 한답니다."

“어머, 별들도 결혼을 한다고요?”

“물론이에요, 아가씨.”

나는 별들의 결혼이 어떤 것인지를 아가씨에게 설명하려고 했다. 그때 내 어깨에 서늘하고 가벼운 무언가가 살포시 와 닿았다. 리본과 레이스와 구불구불한 머리카락을 비비며 귀여운 아가씨가 내게 기대어 잠이 들어 있었다.

해가 떠올라 하늘의 별이 빛을 잃고 꺼질 때까지 아가씨는 꼼짝하지 않았다. 내게 아름다운 상념만을 가져다 준 이 맑은 밤의 거룩한 보호를 받으며 잠든 아가씨를 나는 설레는 마음으로 지켜 보았다.

수많은 별들이 커다란 양 떼처럼 우리들 둘레에서 소리 없이 움직이고 있었다. 가끔 나는 이 별들 가운데 가장 아름답고 가장 빛나는 별 하나가 길을 잃고 내 어깨에 와서 잠든 것이라고 생각하곤 했다.

노인들

"제 편지인가요, 아장 아저씨?"

"네, 파리에서 왔지요."

사람 좋은 아장 아저씨는 파리에서 편지가 와서 자랑스럽겠다는 말투였다. 그러나 나는 달랐다. 아침 일찍 느닷없이 내 테이블 위로 날아든 파리 장 자크 집안에서 온 편지는 나의 하루를 무의미하게 만들 것이라는 예감이 들었기 때문이었다. 과연 내 예감은 적중했다. 다음 글을 보면 그 이유를 알 수 있을 것이다.

자네에게 부탁이 있어서 이 글을 쓰네. 하루만 자네의 풍차 방앗간을 닫고 에이기에르로 가도록 하게. 에이기에르는 자네 집에서 삼사십 리 정도 떨어진 곳에 있는 큰 마을이니 산책한다는 셈치고 말일세.

그곳에 도착하면 고아원을 찾도록 하게. 자네가 가야 할 곳은 고아원 바로 다음 집이야. 지붕이 낮고 대문이 회색빛이고 뒤쪽으로 조그만 정원이 하나 있지. 노크하지 말고 들어가게. 대문은 항상 열려 있으니까. 그리고 들어서면서 큰 소리로 '여러분들 안녕하십니까! 저는 모리스의 친구입니다…….' 하고 외치게. 그리고 잘 살펴보게. 그러면 키가 작은 두 노인을 볼 수 있을걸세. 오! 하고 탄성을 지르면서 노쇠한 노인들이 소파에 파묻힌 채 두 팔을 내밀걸세.

그러면 자넨 나를 대신해서 마치 자네의 친할아버지나 할머니를 대하듯이 진심으로 그분들을 껴안아 주게. 그리고 이야기를 시작하면, 그분들은 오로지 내 얘기만 하실 거야. 터무니없는 이야기일 테지만 끝까지 웃지 말고 들어 주게……. 웃지 말게, 알겠나?

그분들은 나의 친할머니, 할아버지시라네. 나 때문에 살아 계신다고 해도 과언이 아니지. 그런데 못 뵌 지 십 년이나 되었다네. 하지만 자네도 알다시피 난 바빠서 파리를 떠날 수가 없고, 그분들이 나를 보러 온다 해도, 나이가 너무 많으셔서 중도에서 쓰러질 것일세. 다행이네. 자네가 그곳에 있으니, 방앗간 주인인 자네가 말일세. 불쌍한 노인들은 자네를 껴안으면서 나라고 생각하실 거네. 난 그분들에게 늘 우리의 두터운 우정에 대해서 말씀을 드렸었다네…….

빌어먹을 우정이라니! 그날 아침은 비교적 날씨가 좋았지만 길을 걷기에는 적합치 않았다. 미스트랄(프랑스 남부에 불어오는 건조한 북풍)이 심하게 불고 햇빛이 강하여, 프로방스 지방의 전형적인 날씨였다.

이 편지를 받기 전에 나는 이미 소나무가 바람을 맞아 우는 소리에 귀를 기울이며 햇볕을 쬐고 있는 도마뱀처럼 하루를 여유 있게 보낼 계획이었다. 그러나 어찌할 도리가 없었다.

　나는 투덜거리면서 방앗간을 닫고 고양이가 드나드는 구멍에
열쇠를 놓아 두었다. 그런 다음 지팡이를 들고, 파이프를 물고는
드디어 길을 나섰다.

　2시경에 에이기에르에 도착했다. 마을 사람들은 모두 일을 하
러 밭에 나갔기 때문인지 거의 보이지 않았다. 뽀얗게 먼지를 뒤
집어 쓴 강가의 느릅나무에서 돈 강 하구의 크로 평야 한가운데
나 온 것처럼 매미들이 요란하게 울고 있었다.

　면사무소 앞 광장에는 당나귀 한 마리가 햇볕을 쬐고 있었고,
교회의 급수대 위에는 비둘기들이 날아다니고 있었다. 하지만 나
에게 고아원을 가르쳐 줄 만한 사람은 한 사람도 없었다. 그때
다행히도 한 노파가 눈에 띄었다. 그 노파는 문 앞 구석에 웅크
리고 앉아 실을 잣고 있었다. 내가 찾는 곳을 말하자, 그 늙은 노
파는 손에 고치 꾸러미를 들었을 뿐인데, 이상하게도 대단한 마
력이 있는 것처럼 금방 고아원이 내 눈앞에 우뚝 솟아 있었다.

　몹시 음침하고, 컴컴한 고아원 정면 현관 위에는 라틴 어를 몇
자 새긴 빨갛고 오래 된 사암 십자가가 달려 있었다. 작은 집이
눈에 들어왔다. 회색빛의 대문 뒤뜰……. 나는 노크도 하지 않고
안으로 들어갔다.

　그 선선하고 조용한 복도의 장밋빛 벽, 밝은 빛의 발을 통하여
안쪽에서 흔들리고 있는 것같이 보이는 조그마한 정원, 빛바랜
꽃 그림의 벽화와 바이올린, 나는 영원히 이 모든 것들을 잊지
못할 것이다. 마치 스덴 시대의 어떤 늙은 판관집에 온 것 같은
기분이었다. 복도 맨 끝 왼쪽의 반쯤 열린 문으로 시계의 똑딱거
리는 소리와 어린아이가 음절을 하나하나 끊어서 글을 읽고 있
는 소리가 들렸다.

"성, 자, 이, 레, 네, 소, 리, 질, 렀, 을, 때, 나, 는, 하, 느, 님, 의……."

나는 살며시 문 가까이로 가서 들여다보았다.

햇빛이 희미하게 비치는 좁은 방 안에 장밋빛 광대뼈와 손가락끝까지 주름살이 진 사람 좋아 보이는 한 노인이 소파에 기대어 앉아 입을 벌리고 두 손을 무릎 위에 얹은 채 잠을 자고 있었다. 그의 발 밑에서 푸른색의 고아원 제복을 입은 어린 소녀가 자기보다 더 큰 《이레네 성자전》이란 책을 읽고 있었다. 이 기묘한 독서 소리는 집안 전체에 영향을 주는 듯했다. 노인은 소파에서 잠들어 있었고, 파리들은 천장에서, 카나리아는 창문 위 둥지 속에서 잠들어 있었다. 커다란 괘종시계는 똑딱똑딱 규칙적으로 코를 골고 있었다. 이 방 안에서 잠들지 않고 깨어 있는 것은 닫힌 이중창 문틈으로 새어드는 기다란 띠 모양의 햇빛뿐이며 그 광선 속에서 무수한 불꽃들이 반짝이고 가는 먼지가 방 안의 공간에 하늘거리고 있었다. 모두들 졸고 있어도 소녀는 엄숙한 목소리로 낭독을 계속했다.

"곧, 두, 마, 리, 의, 사, 자, 가, 성, 자, 에, 게, 달, 려, 들, 어, 그, 를, 삼, 켰, 노, 라."

내가 방 안에 들어선 것은 바로 이때였다. 성자 이레네가 방 안에 뛰어들었다 해도 그토록 놀라움을 자아내지는 않았을 것이다. 사태는 돌변해 버렸다. 소녀가 놀라 소리를 지르는 바람에 커다란 책이 땅바닥으로 굴러떨어졌다. 카나리아와 파리들이 화들짝 놀라 잠을 깨고 괘종시계가 울렸으며, 놀란 노인은 벌떡 일어섰다. 나도 당황하여 문 앞에서 발을 멈추고 큰 소리로 외쳤다.

"여러분 안녕하십니까! 저는 모리스의 친구입니다."

　오! 그때 만일 여러분들이 그 불쌍한 노인을 보았다면 여러분은 무슨 생각을 했을까? 그리고 두 팔을 내밀면서 나에게 달려온 그 노인을 보았다면…… 그 노인은 나를 껴안고 다음과 같이 말하면서 미친 듯이 방 안을 이리저리 걸어다녔다.
　"오오, 이런!"
　얼굴의 모든 주름살이 환희로 빨갛게 물들었다. 그는 더듬거리며 말했다.
　"아! 자네가…… 자네가……."
　그러고는 안쪽을 향하여 소리쳤다.
　"마메트!"
　문이 열리는 소리와 다급한 발소리가 층계에서 들려 왔다. 그리고 마메트 할머니가 나타났다. 리본달린 모자를 쓰고 주홍빛 옷을 입고, 옛날에 유행하던, 수놓은 손수건을 손에 든 할머니는 한껏 예의를 갖추고 있었다. 무척 아름다운 모습이었다. 그런데 놀라운 일은 두 노인이 서로 닮은 것이었다. 만일 그 노인이 머리카락을 땋아 올려 매고 노란 리본이 달린 모자를 썼었다면 할머니와 분간할 수 없었을 것이다. 다만 마메트 할머니는 할아버지보다 눈물이 흔했기 때문인지 할아버지보다 주름살이 조금 더 많았다. 할머니 역시 할아버지처럼 시중드는 소녀를 한 명 데리고 있었다. 푸른 제복을 입은 그 소녀는 할머니 곁에 바싹 붙어 있었다. 고아들의 보호를 받고 있는 이 두 노인들은 사람의 가슴을 아프게 했다.
　방 안에 들어서자 할머니는 정중하게 나에게 인사를 하려고 했다. 그러나 할아버지의 말 한 마디에 인사를 중단했다.
　"이 젊은이는 모리스의 친구요……."

하고 말하자 할머니는 몸을 부르르 떨면서 눈물을 흘리다가, 손수건을 땅에 떨어뜨리고는 할아버지보다 더 얼굴이 빨개졌다. 가엾은 이 노인들은 조금이라도 감동하면 곧 피가 얼굴로 몰리는 모양이었다.

"빨리, 빨리 의자를……. 그리고 창문을 열어."
하고 할머니는 곁에 있는 소녀에게 말했다.

그러고는 그들은 각각 내 손을 한 쪽씩 붙들고 좀더 잘 보려고 종종걸음으로 나를 창문 가까이로 데리고 갔다. 그러자 두 소녀가 의자를 창문 가까이로 가져왔다. 나는 두 노인 중간에 있는 접는 의자에 앉았다. 우리들 뒤에는 푸른 옷을 입은 소녀들이 서 있었고 질문이 시작되었다.

"우리 손자녀석은 잘 있나? 무얼 하고 있지? 그애는 왜 오지 않는 거지? 불편 없이 지내고 있겠지?"

그리고 이런저런 이야기로 몇 시간을 보냈다.

나는 두 분의 질문에 내가 할 수 있는 한 최선을 다해 공손히 대답했고, 내 친구에 대해서도 내가 알고 있는 한 자세하게 말씀드렸다. 그리고 내가 알지 못하는 것은 그럴 듯하게 꾸며서 말했다. 나는 특히 내 친구의 창문이 잘 닫히는지, 또 그 방의 벽지가 무슨 색인지 주의해 본 적이 없다는 것을 차마 말할 수는 없었다.

"방의 벽지 말입니까? 파란 색입니다. 밝은 하늘빛에 꽃무늬가 있는……."

"아, 그렇군."
할머니는 감동하여 말했다. 그러고는 할아버지를 향하여 덧붙여 말했다.

"그애는 참 착한 애예요."

"그래, 그렇지. 착한 애야!"

하고 할아버지도 힘주어 대답했다.

내가 이야기하는 동안 내내 그들은 알아들었다는 듯이 서로 머리를 끄덕거리고 엷은 웃음을 머금은 채 눈을 깜박거렸다. 가끔 할아버지는 나에게로 몸을 가까이 하면서 말했다.

"좀더 큰 소리로 말해 주게나. 할멈은 귀가 어둡거든."

그러면 할머니는 할머니대로

"미안하지만 조금 큰 소리로 말을…… 우리 영감은 잘 듣지 못해서……"

그때마다 나는 목소리를 높였다. 두 노인은 미소를 지으며 나에게 감사했다. 그리고 손자 모리스의 영상을 내 눈 속에서 찾아 내려고 나에게 몸을 굽히고 있는 그들의 메마른 미소 속에서 나는 내 친구의 모습이 떠오르는 것 같아 가슴이 저려왔다.

그때 갑자기 할아버지가 벌떡 일어났다.

"아, 이런! 이 젊은이는 아직 점심을 먹지 않았을 것 같은데!"

그러자 할머니는 깜짝 놀라 두 발을 위로 쳐들면서

"저런, 그렇겠군요!"

나는 그 얘기 또한 모리스에 대한 이야기라고 생각하고는, 그는 식사 시간이 지난 뒤에 밥을 먹은 적이 한 번도 없다고 대답하려고 했다. 그러나 그것이 아니었다. 그분들은 나에 대해서 이야기하고 있었던 것이다. 그리고 내가 아직 식사 전이라고 고백했었을 때의 소란은 상상을 초월한 것이었다.

"얘들아! 어서 상을 차려라! 식탁을 방 한가운데 놓고 일요일에 쓰는 상보와 꽃무늬가 있는 접시를 내오너라. 그렇게 웃지만 말고! 어서 서둘러라!"

눈 깜짝할 사이에 점심 식사가 준비되었다.

"별거 아니지만 어서 들게나."

하고 할머니는 나를 식탁으로 이끌면서 말했다.

"그런데 혼자 먹게 해서 어떡하나. 우린 벌써 먹었으니……."

불쌍한 노인들! 누가 찾아가도 그분들은 언제나 방금 식사를
했다고 말할 것이다.

할머니가 차려 주신 음식은 우유 한 잔과 대추야자 열매와 약
간의 과자였다. 이것만 있으면 적어도 일 주일 동안은 할머니와
카나리아가 먹을 수 있는 분량이었다. 그런데 혼자서 이런 식량
을 모두 먹어 버렸으니 식탁 주위에서 섭섭해하는 것은 당연한
일이었다. 소녀들은 팔꿈치로 서로 꾹꾹 찌르며 수근거렸고, 새장
속에 있는 카나리아들도 '오! 저 사람이 과자를 모두 먹어 버리
네!' 하고 서로 이야기하는 것 같았다.

사실 처음에는 그것도 모르고 오래 된 가구의 고풍스러움이
풍기는 맑고 조용한 방 안을 둘러보는 데 열중하고 있었다. 특히
방 안에는 도저히 눈을 뗄 수 없는 조그마한 침대가 두 개 있었
다. 두 개의 요람 같은 이 침대들을 보니, 나는 새벽에 술 장식이
달린 커다란 커튼 아래 이불 속에 있을 그 두 노인의 모습이 떠
올랐다. 괘종시계가 세 시를 알리면 두 노인은 잠에서 깨어난다.

"자고 있소, 마메트?"

"안 자요, 영감."

"모리스는 착한 애지?"

"네, 그래요. 착한 애예요."

가지런히 놓여 있는 두 개의 조그마한 낡은 침대를 보고서 나

는 이런 대화를 상상하며 웃었다.

그러는 동안 방 한쪽 구석에 있는 찬장 앞에서는 엄청난 일이 벌어지고 있었다. 찬장 위에 있는 앵두 술을 내리려고 하고 있었다. 그 술은 10년 동안 모리스를 기다리고 있던 것이었다. 할머니의 애원에도 불구하고 할아버지는 몸소 앵두 술을 내리겠다고 고집을 부렸다. 할아버지는 의자 위에 올라가 손을 부들부들 떨면서 몸을 추켜올리고, 푸른 옷을 입은 두 소녀는 그 의자를 꼭 붙잡고 있고, 마메트 할머니는 그의 뒤에서 헐떡거리며 두 팔을 위로 뻗치고 있었다. 그리고 열린 찬장과 쌓여 있는 갈색의 리넨 제품 무더기에서 나는 베르가모트 나무의 가벼운 향기가 방 안의 모든 것을 부드럽게 감싸는 듯했다. 아름다운 광경이었다.

마침내 할아버지는 찬장 위에서 그 귀한 병을 내렸다. 그리고 모리스가 어렸을 때 쓰던 찌그러진 은잔도 꺼냈다. 그리고 은잔 가득 앵두 술을 따라 주었다. 모리스는 앵두를 참 좋아했었다고 덧붙이면서. 군침이 돈다는 태도로 내 귀에다 대고 소근거렸다.

"자네, 참 운이 좋군. 이것을 먹을 수 있으니 말이야. 할멈이 그 것을 만들었지. 자네, 근사한 걸 맛보게 됐네."

그러나 할머니는 설탕 넣는 것을 잊은 모양이었다. 할 수 없지 않나! 나이가 들면 정신이 흐려지게 마련이니까. 마메트 할머니! 당신의 앵두 술 맛은 고약했습니다. 그러나 나는 눈살을 찌푸리지 않고 그것을 끝까지 모두 마셨다.

식사를 끝내자 나는 두 분께 작별 인사를 하려고 일어섰다. 그들은 좀더 나와 함께 착한 손자에 대해서 이야기하고 싶은 눈치였다. 그러나 해는 저물어 가고 집은 멀고 해서 나는 떠나야만 했다.

할아버지는 나와 동시에 자리에서 일어났다.

"할멈, 내 옷을……. 젊은이를 광장까지 배웅해야겠어."

할머니는 나를 바래다 주기에는 약간 날씨가 쌀쌀하다고 생각하는 듯했지만, 아무 내색도 하지 않았다. 할머니는 할아버지가 담비빛 외투의 소매 끼는 것을 도와 주면서 조용히 말했다.

"너무 늦게 돌아오지 마세요. 네, 영감?"

그러자 할아버지는 다소 짓궂은 말투로 말했다.

"헤! 헤!…… 알 수 없지…… 아마…….'

그러고는 두 노인은 웃으면서 서로 마주 보았다. 푸른 옷을 입은 소녀들도 따라 웃었다. 새장 속 카나리아도 역시 그들과 같이 웃는 것 같았다. 우리끼리의 이야기지만 앵두 술의 냄새로 모두들 약간 취했었던 것 같다.

할아버지와 내가 밖으로 나왔을 때는 이미 밤이 깊어 있었다. 푸른 옷의 소녀가 노인을 모시고 가기 위하여 멀리 떨어져 우리의 뒤를 따라오고 있었다. 그러나 노인에게는 그 소녀가 보이지 않는 듯했다. 노인은 내 팔에 매달려 젊은이처럼 걷는 것을 몹시 자랑스러워 했다. 마메트 할머니는 희색이 만면하여 입구 층계에서 그것을 바라보고 있었다. 할머니가 우리를 보며 기쁜 듯이 머리를 끄덕거리는 모습이 마치 다음과 같이 말하는 것 같았다.

'역시 우리 영감이야…… 아직도 저렇게 꼿꼿하게 걸을 수 있으니…….'

풍차 방앗간에서

놀란 것은 바로 토끼들이었다!

벌써 오래 전에 방앗간 문은 닫혀 있었고, 주변은 온통 잡초로 뒤덮여 있었다. 아마 토끼들은 방아꾼들이 아주 떠나 버렸다고 생각했을 것이다. 그들은 이 풍차 방앗간을 썩 괜찮은 장소로 여기고 사령부나 작전 본부로 사용하고 있었다.

내가 도착한 시간은 밤이었다. 그날 밤에도 평소 때와 마찬가지로 20마리쯤 되는 토끼들이 바닥에 동그랗게 둘러앉아 달빛을 쬐고 있었다.

내가 지붕에 난 창문을 열자, 야영을 하던 토끼 부대는 놀라서 줄행랑을 쳤다. 조그맣고 하얀 꼬리를 치켜들고 모조리 덤불 속으로 달아났다. 나는 그 토끼들이 다시 돌아와 주기를 바랐다.

나를 보고 놀란 것은 토끼만이 아니었다. 2층에 살던 늙은 올빼미도 있었다. 20년도 넘게 이 풍차 방앗간에서 살고 있는, 표정이 마치 철학자같이 심오한 늙은 올빼미였다.

나는 벽에서 떨어진 흙덩이와 깨진 기왓장들 틈에 꼼짝도 하지 않고 앉아 있는 녀석을 발견했다. 그 녀석은 잠시 눈을 동그랗게 뜨고 나를 바라보더니 내가 낯선 사람이라는 것을 확인하고는 특유의 소리를 지르며 날개를 힘겹게 퍼덕거렸다. 저런, 엉터리 철학자 같으니라고! 철학자들은 옷에서 먼지를 터는 일 같은 건 하지 않는데…….

눈을 껌벅거리며 인상을 잔뜩 쓰고 있는 그 말 없는 철학자가 나는 퍽 마음에 들었다. 나는 얼마 지나지 않아 그와 자연스럽게 새로운 계약을 맺었다. 그는 예전과 마찬가지로 지붕으로 출입구가 난 2층을 쓰고, 난 수도원의 식당처럼 천장이 낮고 둥근 아래층의 작은 방을 쓰기로 했다.

활짝 열어 놓은 방문으로 들어 오는 따뜻한 햇볕을 쬐며, 당신에게 편지를 쓰고 있는 바로 이 방이다.

햇빛에 반짝이는 아름다운 소나무 숲이 내 방 바로 앞에서 언덕 아래까지 펼쳐져 있다. 지평선에는 알프스 산맥의 아름다운 봉우리들이 늘어서 있다. 라벤더 숲 속에서 지저귀는 도요새 소리와 지나가는 노새들의 방울 소리만 가끔 들릴 뿐 매우 한적하다. 프로방스 지방의 이 아름다운 경치는 햇빛을 받아 되살아난 듯하다.

그러니 당신이 살고 있는 그 시끌벅적하고 우울한 파리에 무슨 미련이 남겠는가? 나는 이 풍차 방앗간이 무척 마음에 든다. 이곳은 내가 마음 속으로 그리던 바로 그곳이다. 도시의 마차와 신문과 궂은 날씨로부터 멀리 떨어진, 향기가 가득한 시골이다. 뿐만 아니라 주변에는 온통 아름다운 것만 펼쳐져 있다. 내가 이곳에 온 지 일 주일밖에 안 되었지만 내 머릿속은 수많은 느낌과 추억으로 가득 차 있다.

어제 저녁에는 산기슭에 있는 농가로 양 떼가 돌아오는 모습을 보았다. 나는 이 광경을, 파리에서 이번주에 최초로 공연될 연극의 입장권을 몽땅 준다고 해도 바꾸지 않을 것이다. 이제부터 할 내 이야기를 들으면 이런 마음을 이해할 것이다.

프로방스 지방에서는 여름이 시작되면 가축들을 알프스 산으로 옮기곤 한다. 가축들과 함께 사람들도 산 속의 무성한 풀숲에서 별을 머리에 두고 5~6개월을 지낸다. 그러다가 시원한 가을 날씨가 시작되면 다시 양 떼를 이끌고 농가로 내려와서 로즈메리 향기가 풍기는 낮은 언덕 위에서 풍요롭게 풀을 뜯게 한다. 그 양 떼가 바로 어제 돌아온 것이다.

이른 아침부터 문을 활짝 열고, 양 떼를 기다린다. 양 우리에는 겨울을 맞으러 오는 양들을 위해 벌써 깨끗한 짚단이 두둑하게 깔려 있다. 시간이 흐름에 따라 사람들은 말한다.

"지금은 에이기에르를 지나고 있을 거야."

"지금은 파라두에 도착했을 거야."

그러다가 해질 무렵이 되면 누군가가 갑자기 큰 소리로 외친다.

"야! 온다!"

저 멀리에서 양 떼가 먼지를 일으키며 돌아오는 것이 보인다. 양 떼와 함께 마치 길 전체가 움직이는 것 같다.

나이 많은 숫양들이 뿔을 앞으로 내밀고 맨 앞에서 오고, 그 뒤로 조금 지쳐 보이는 어미양들이 어린양들을 보호하며 온다. 갓태어난 양이 담긴 바구니를 등에 지고 흔들거리는 빨간 술 장식을 한 노새들, 더위에 지쳐 혀를 길게 늘어뜨린 개들이 그 뒤를 따르고, 발꿈치까지 옷자락이 치렁거리는 망토를 걸친 뚱뚱한 목동 두 명이 맨 뒤에서 오고 있다.

이 긴 행렬은 우리들 앞을 경쾌하게 지나 마치 수많은 자갈이 구르는 듯한 발 소리를 내며 대문 안으로 몰려들어갔다.

농가의 식구들은 가벼운 흥분으로 미소를 띠고, 투명한 비단 망사 같은 볏을 단 금색과 녹색의 커다란 공작새는 홰 위에서 큰 소리로 양 떼를 환영한다. 그 동안 무료하게 지냈던 비둘기, 칠면조, 오리, 닭도 모두 즐거운 듯 야단 법석이었다. 마치 양들이 산에서, 기뻐서 모두 춤추게 하는 알프스 산의 싱그러운 공기와 향기를 털 속에 넣어 가지고 온 것 같았다.

이런 멋진 환영을 받으며 양 떼는 자기네 우리에 자리를 잡았다. 이토록 아름다운 광경을 나는 어디에서도 본 적이 없다. 늙은 숫양들은 자기들이 사용하던 낯익은 먹이통을 보며 감회에 젖는다. 산에서 태어나 농가에 처음 온 새끼양들은 놀란 눈으로 사방을 두리번거리고…….

그런데 무엇보다도 가장 우리의 마음을 사로잡은 것은 양 떼를 지키는 개들이었다. 개들은 집으로 돌아와서도 절대로 양 떼에게서 눈을 떼지 않는다. 집에 있던 개들이 아무리 불러도, 시원한 우물물이 가득 찬 물통이 유혹을 해도 소용 없다. 그 개들은 양들이 모두 우리 안으로 들어가고, 그 울타리의 문짝에 튼튼한 빗장이 채워지고, 목동들이 식탁 앞에 앉은 후에도 아무것도 거들떠보지 않고 아무것도 먹지 않는다.

모든 일이 끝나고 나서야 비로소 개들은 제 집으로 들어가서 저녁 식사를 한다. 그리고 집에 남아 있던 친구들에게 산에서 있었던 일들을 이야기한다. 늑대들이 양들을 노리는, 이슬에 흠뻑 젖은 주홍빛의 디기탈리스꽃이 피어 있는 산 속의 이야기를…….

퀴퀴니앙의 신부

매년 성모 마리아의 축제가 시작되면 프로방스의 시인들은 아비뇽에서 아름다운 시와 재미있는 소설들을 모아 책을 펴냈다. 올해에도 변함 없이 그 책이 내게 도착했다. 그 중 인상깊은 이야기를 간추려서 소개하려고 한다.

여러분, 광주리를 준비하시라. 지금부터 드리는 것은 프로방스에서 생산하는 가장 좋은 밀가루니까…….

마르탱 신부는 퀴퀴니앙에 있는 성당의 신부다. 그는 빵처럼 부드럽고 순금처럼 성격이 순수하여 퀴퀴니앙 사람들을 사랑했다. 퀴퀴니앙 사람들이 그를 조금만 더 이해해 주었다면 마르탱 신부에게 있어서 그곳은 천국이었을 것이다. 하지만 불행하게도 퀴퀴니앙 사람들은 그를 따르지 않았다. 고해실은 거미가 거미줄을 칠 정도였고, 경사스러운 부활절 축제에도 잘 참석하지 않았다. 마르탱 신부는 가슴이 아팠다. 그는 길 잃은 양 떼를 인도할 때까지 자기 자신을 죽지 않게 보살펴 달라고 끊임없이 하느님께 기도했다.

그래서 하느님은 마르탱 신부의 소원을 들어 주셨다.

어느 일요일, 복음서를 낭독한 뒤에 마르탱 신부는 강론을 시작했다.

여러분, 제가 지금부터 하는 이야기는 사실이니까 믿어 주시기 바랍니다. 어젯밤에 죄 많은 저는 천국 문 앞에 갔었습니다. 문을 두드렸더니 성 베드로께서 문을 열어 주셨습니다.

"이게 누구십니까? 마르탱 신부 아니십니까? 무슨 일로 여기까지 오셨습니까?"

"성 베드로님, 당신은 천국의 명부와 열쇠를 갖고 계십니다. 그러니 천국에 퀴퀴니앙 사람들이 얼마나 있는지 저에게만 가르쳐 주시지 않겠습니까?"

"당신의 소원을 거절할 수가 없군요. 자, 함께 명부를 뒤져 봅시다."

이렇게 말하며 성 베드로께서는 커다란 책을 펼치고 안경을 쓰셨습니다.

"자, 조사해 봅시다. 퀴퀴니앙이라고 했지요? 퀴…… 퀴……퀴퀴니앙이라고. 아, 찾았습니다. 퀴퀴니앙……. 하지만 마르탱 신부님, 이 페이지는 하얗군요. 한 사람도 없습니다. 퀴퀴니앙 사람은 한 명도 없습니다."

"뭐라구요? 퀴퀴니앙 사람이 여기엔 한 명도 없다고요? 정말 한 명도 없습니까? 그럴 리가 없습니다. 자세히 살펴보아 주세요."

"아무리 살펴보아도 없습니다. 만약 내가 농담을 하고 있다고 생각하신다면 신부님이 직접 한번 보십시오."

저는 당황했습니다. 그래서 무릎을 꿇고 양 손을 모은 채 자비를 베풀어 달라고 간청했습니다. 그러자 성 베드로께서는 이렇게 말씀하셨습니다.

"그렇게 슬퍼하지 마십시오. 마르탱 신부님, 그렇게 마음을 괴롭히시면 안 됩니다. 그러시다가 쓰러지면 큰일입니다. 어쨌든 신부님 잘못은 아닙니다. 퀴퀴니앙 사람들은 아무래도 연옥에서 잠시 몸과 마음을 닦아야 하나봅니다."

"오, 성 베드로님! 자비를 베푸셔서 잠시만이라도 그들을 만나서 위로할 수 있도록 허락해 주십시오."

"그러지요. 자, 빨리 이 신을 신으십시오. 길이 별로 좋지 않답니다. 자, 됐습니다. 그 쪽으로 곧장 가십시오. 저기 안쪽으로 구부러진 데가 있지요? 그 쪽으로 가면 검은 십자가가 달린 은으로 된 문을 발견할 것입니다. 오른쪽이지요. 그 문을 두드리세요. 그러면 문이 열릴 것입니다. 그럼, 안녕히 가십시오. 건강하시기 바랍니다."

그래서 저는 계속 걸었습니다. 정말 험한 길이었습니다. 가시덤불이 무성하고, 석류석이 반짝거리고, 뱀들이 우글거리는 좁은 길을 걸어 은으로 된 문 앞에 도착하여 문을 두드렸지요.

"누구십니까?"

슬픔에 젖은 쉰 목소리가 들려 왔습니다.

"퀴퀴니앙에서 온 신부입니다."

"어디라고요?"

"퀴퀴니앙입니다."

"아, 그렇습니까! 들어오세요."

저는 안으로 들어갔습니다. 밤처럼 어두운 날개를 달고 한낮처

럼 빛나는 옷을 입은 키가 큰 아름다운 천사가 허리에 다이아몬
드 열쇠를 차고 성 베드로께서 갖고 계시던 것보다 더 두꺼운 책
속에 무엇인가를 쓰고 있었습니다.

"무슨 일이지요? 무엇을 찾고 있습니까?"

"천사님, 이런 것을 묻는 것은 실례인 줄 압니다만, 여기에 퀴
퀴니앙 사람들이 있는지 알고 싶습니다."

"어디라고요?"

"퀴퀴니앙, 퀴퀴니앙 사람들입니다. 제가 그곳의 신부입니다."

"아, 마르탱 신부님이시군요?"

"그렇습니다. 천사님."

"퀴퀴니앙에서 오셨군요."

이렇게 말하며 천사는 커다란 책을 펴고 종이가 잘 넘어가도
록 손가락에 침을 묻히며 책장을 넘기기 시작했습니다.

"퀴퀴니앙이라……. 마르탱 신부님, 이 연옥에는 퀴퀴니앙 사람
은 한 명도 없는데요."

"아, 하느님! 성모 마리아여! 이 연옥에도 퀴퀴니앙 사람은 한
명도 없군요. 그럼, 도대체 어디에 있단 말입니까?"

"그럼 신부님! 천국일 거예요."

"저는 지금 천국에서 오는 길입니다."

"천국에서요?"

"그들은 천국에도 없었습니다. 아, 하느님."

"어쩔 수 없군요, 신부님. 천국에도 없고 연옥에도 없다면, 그
중간이 되는 곳은 없답니다. 그렇다면 혹시……."

"아, 하느님! 그게 사실입니까? 이 모든 것이 거짓은 아니겠지
요? 퀴퀴니앙 사람들이 천국에 없다면 나도 천국으로 갈 수는 없

습니다."

"자, 제 말 좀 들어 보세요, 마르탱 신부님. 모든 걸 확실하게 알고 싶으시면 이 길로 가십시오. 되도록이면 뛰어가세요. 왼쪽에 커다란 문이 보이면 그곳에서 무엇이나 물어 보세요. 잘 가르쳐 줄 것입니다."

이런 말을 하고서 천사는 문을 닫았습니다.

그 길은 빨갛게 달아오른 숯이 잔뜩 깔린 긴 길이었습니다. 나는 술에 취한 사람처럼 비틀거렸습니다. 온몸이 땀에 젖었고, 목이 말라 숨이 막힐 지경이었습니다. 그러나 다행히도 성 베드로께서 주신 신발 덕분에 발을 데지는 않았습니다.

나는 발을 절름거리며 몇 번이나 넘어진 뒤에 커다란 문을 발견하였습니다. 그런데 여러분, 그곳에는 놀라운 광경이 펼쳐져 있었습니다. 그곳에서는 제 이름도 묻지 않았고, 명부도 없었습니다. 사람들은 무리를 지어 입구로 몰려들어가고 있었습니다. 마치 여러분이 일요일이면 술집에 들어가듯이 말입니다.

나는 여전히 땀을 흘리고 있었지만 온몸이 부들부들 떨리고 소름이 돋았습니다. 머리카락이 곤두섰습니다. 어디선가 살이 타는 냄새가 났습니다. 노새에게 편자를 박으려고 대장장이가 발굽을 태울 때 나는 그런 냄새였습니다.

저는 그 냄새와 타는 듯한 공기 때문에 숨을 쉬기가 어려웠습니다. 괴성과 울부짖음, 욕하는 소리가 들려 왔습니다.

"어이, 자네는 들어갈 거야, 말 거야?"

머리에 뿔이 달린 악마가 쇠방망이로 나를 쿡쿡 찌르며 윽박지르더군요.

"저 말입니까? 저는 들어가지 않습니다. 하느님의 친구이기 때문에.”

“하느님의 친구라고? 그런데 여기는 왜 온 거야?”

“그런 식으로 말하지 마시오. 저는 먼 곳에서 왔기 때문에……. 너무 지쳐서 서 있을 수조차 없어요. 잠시 물어 볼 게 있습니다 만, 혹시 여기에 퀴퀴니앙 사람들이 있습니까?”

“그걸 물어 보러 왔단 말이야? 퀴퀴니앙 놈들이 모조리 여기에 있는 것을 모른단 말이야? 참 멍청하군. 여기에서 퀴퀴니앙 놈들을 어떻게 혼내 주는지 잘 봐.”

무시무시한 불길 속에서 내가 본 사람은 여러분도 잘 알고 있는 키가 큰 코크갈린 —— 항상 술에 취해서 가엾은 아내 클레동을 두들겨 패던 —— 이었습니다. 그리고 떠돌아다니면서 남의 헛간에서 자던 카타리네도 보았습니다.

줄리앙 씨의 올리브로 기름을 짜서 가진 파스칼, 떨어진 이삭을 줍는 체하면서 곡식을 훔친 바베, 소리가 나지 않도록 자기네 수레 바퀴에만 기름을 친 그라파시 할아버지, 자기 집 우물물을 비싼 값으로 판 도핀도 보았습니다. 제가 병든 사람에게 성체를 가져가는 길에 만나면 모자를 쓴 채 파이프를 물고 어깨를 으쓱 거리며 개라도 만난 것처럼 옆으로 비켜서서 비웃던 토르티야르도 보았습니다. 그 밖에도 제트와 쿨로, 자크, 피에르, 토니…….

마르탱 신부의 이야기를 들은 퀴퀴니앙 사람들은 지옥 속에 있는 아버지, 어머니, 할머니, 그리고 다른 가족들을 생각하고는 놀라서 새파랗게 질려 신음 소리를 냈다.

마르탱 신부가 말했다.

“여러분, 잘 아셨겠지요? 이런 일이 계속되어서는 안 됩니다. 저에게는 여러분의 영혼을 인도할 책임이 있습니다. 저는 어떻게 해서든지 지옥으로 떨어지려고 하는 여러분을 그곳에서 구해 내고 싶습니다. 내일 아침부터 그 일을 시작하겠습니다. 할 일은 많습니다. 일은 이렇게 하려고 합니다. 무슨 일을 하든지 잘 되게 하려면 순서를 잘 지켜야 합니다. 종퀴에르에서 춤을 출 때처럼 순서를 정해 놓고 일을 시작하겠습니다.

내일, 월요일에는 노인들의 고해를 듣겠습니다. 이것은 아무 문제도 없을 것입니다.

화요일에는 어린이들의 차례입니다. 시간이 얼마 걸리지 않을 것입니다.

수요일에는 청소년들의 고해를 듣는데, 시간이 좀 오래 걸릴지도 모릅니다.

목요일에는 남자들의 차례인데 빨리 끝내겠습니다.

금요일에는 부인들의 차례인데, 쓸데없는 이야기는 하지 말아 주십시오.

토요일에는 방앗간 주인들의 시간입니다. 한 사람을 위해 하루를 다 쓴다 해도 별로 길지 않을 것입니다.

이렇게 해서 일요일에 모든 일이 끝나면 우리들은 얼마나 행복하겠어요.

여러분, 밀이 익으면 베어야 합니다. 포도주는 마개를 따면 마셔야 합니다. 더러워진 속옷이 있으면 깨끗하게 빨아야 합니다. 주님의 은총이 무한하기를 바랍니다. 아멘!"

마르탱 신부가 말한 것은 그대로 진행되었다. 모든 마을 사람들의 영혼을 세탁하는 일이 시작되었다.

그 기념할 만한 일요일 이후 퀴퀴니앙 마을의 선행은 주변으로 널리 퍼져 나갔다.

　행복과 기쁨 속에서 선량한 마르탱 신부는 사실 전날 밤 이런 꿈을 꾸었다. 그 꿈 속에서 마을 사람들을 이끌던 마르탱 신부는, 큰 촛불과 은은한 향기 속에서 감사의 노래를 부르는 성가대 소년들에게 둘러 싸여 하느님의 궁전으로 통하는 밝게 빛나는 길을 걸어 올라갔다.

아를의 여인

풍차 방앗간을 따라서 마을로 내려가다 보면, 팽나무가 있는 커다란 정원의 농가 앞을 지나게 된다. 이 농가는 프로방스 지방의 전형적인 지주의 집으로써, 붉은 기와 지붕과 다갈색의 넓은 벽에는 불규칙적으로 창문이 나 있다. 그리고 지붕 위로는 곳간의 바람개비와 짚단을 매달아 올리는 데 사용하는 도르래가 솟아 있고, 누런 건초 몇 단이 비죽 나와 있다.

그런데 왜 이 집이 나의 마음을 끌고, 닫혀진 창문을 보면 가슴이 뭉클해지는 것일까? 나는 그 이유를 말로 표현할 수는 없지만, 하여튼 이 집을 보면 몸이 오싹해지곤 했다.

집 주위는 너무나 적막했다. 사람들이 지나다녀도 개는 짖지 않았고, 닭들도 저만큼 달아나 버렸다. 집 안에서는 아무 소리도 들리지 않았다. 당나귀의 방울 소리조차도. 창문의 하얀 커튼과 지붕 위로 솟아오르는 연기마저 없었다면 아무도 살고 있지 않다고 생각했을 것이다.

어제 한낮쯤 나는 마을에서 돌아오는 길에 햇빛을 피하느라고 이 집의 담을 따라서 팽나무 그늘 속을 걷고 있었다. 때마침 문이 열려 있어서 하인들이 말없이 짐을 싣고 있는 것이 보였다. 지나가면서 들여다보았더니 머리를 양 손으로 감싼 채 커다란 정원 테이블에 팔꿈치를 괸, 덩지가 큰 백발 노인이 있었다. 짧은 윗저고리와 낡은 반바지 차림이었다. 나는 걸음을 멈추고 서서 노인을 바라보았다. 그러자 하인 한 사람이 다가와 낮은 목소리로 나에게 말했다.

"쉿! 조용히 하세요. 아드님의 불행이 있고 나서부터 언제나 저러고 계신답니다."

그때 상복을 입은 부인과 작은 소년이 금박을 입힌 두꺼운 기도책을 들고 우리 곁을 지나 집 안으로 들어갔다.

그 하인이 다시 속삭였다.

"미사에 다녀오시는 마님과 작은 도련님이에요. 큰도련님이 자살한 뒤로는 매일 미사에 나가시지요. 정말 가슴아파서 못 보겠어요. 더군다나 주인 어른은 아직도 죽은 아드님의 옷을 입고 있답니다. 아무리 벗으시라고 해도 꿈쩍도 하지 않으십니다. 전 그럼 이만…… . 이랴, 워워!"

마차가 떠날 채비를 하기에 나는 이야기를 좀더 자세하게 듣고 싶어서 마부에게 옆에 태워 달라고 부탁했다. 그리고 마차 위에서 그 슬픈 이야기를 자세히 듣게 되었다.

큰아들의 이름은 장이었다. 20세의 훌륭한 청년으로 순수하고 건강하며 명랑했다. 얼굴이 잘생겼기 때문에 젊은 여자들의 눈길을 끌었지만, 그의 머릿속에는 오로지 한 여자밖에 없었다. 비로드와 레이스로 치장을 한 젊은 아를의 여인으로, 아를의 투기장에서 한 번 만난 일이 있었다.

집안에서는 두 사람의 관계를 달가워하지 않았다. 그 여자는 바람둥이로 소문이 나 있었고, 그녀의 부모는 이 고장 사람이 아니었기 때문이었다. 그러나 장은 어떤 일이 있어도 그 여인과 결혼하고 싶어했다.

"저 여자와 결혼하지 못한다면 죽어 버리고 말겠어."

장은 항상 이렇게 말했다.

장의 부모는 아들의 고집을 꺾을 수 없었기 때문에 추수가 끝나면 결혼을 시키기로 결정했다.

그러던 어느 일요일 저녁, 정원에서 가족들이 저녁 식사를 하고 있었다. 축하 파티였다. 그 여인은 참석하지 않았지만 신부를 위해 모두 축배를 들었다.

그때 한 남자가 문 앞에 나타나서 떨리는 목소리로 장의 아버지인 에스테브 영감님과 단둘이 할 이야기가 있다고 했다. 에스테브 영감은 일어나서 밖으로 나갔다.

"영감님, 영감님의 아드님과 결혼하려는 그 여자는 저와 지난 2년 동안 깊이 사귀어 왔습니다. 제 이야기는 사실입니다. 여기 증거가 될 만한 편지도 있습니다. 그녀의 부모님도 딸을 주기로 저와 약속했습니다. 그런데 영감님의 아들이 그녀를 좋아한 후부터는 그녀의 부모님이나 그녀도 저를 꺼리게 되었습니다. 그렇지만 저와의 관계가 있는 이상 그녀를 다른 사람의 아내가 되게 할 수는 없다고 생각했습니다."

에스테브 영감은 그 편지를 읽고 나서 말했다.

"잘 알겠소. 우리 집으로 들어가서 포도주라도 한 잔 하지 않겠소?"

"감사합니다만 저는 지금 목이 마르기보다는 가슴이 너무 아파서 견딜 수가 없습니다."

그 남자는 이런 말을 남기고 가 버렸다.

에스테브 영감은 아무 일도 없었던 것처럼 다시 식탁으로 돌아와서 의자에 앉았다. 식사는 즐겁게 끝났다.

그날 밤, 에스테브 영감과 아들은 함께 들로 나갔다. 두 사람은 오랫동안 밖에 있었다. 두 사람이 돌아왔을 때, 장의 어머니는 자지 않고 기다리고 있었다.

"여보, 이 아이를 따뜻하게 안아 주구려. 가엾은 아이요."

장은 더 이상 아를의 여인에 대해서 이야기하지 않았다. 그러나 변함 없이 그녀를 사랑하고 있었다. 다른 남자의 여자라는 사실을 듣고 나서는 더욱 그녀를 사랑했다. 다만 자존심이 강했기 때문에 아무 말도 하지 않을 뿐이었다. 가엾게도 그런 성격이 그를 죽게 만들었던 것이다.

어떤 때는 아침부터 밤까지 혼자서 방구석에 틀어박혀 꼼짝도 하지 않았고, 또 어떤 때는 밭에 나와서 혼자 열 사람 몫의 일을 미친 듯이 해치웠다. 저녁이 되면 그는 아를로 가는 길을, 마을의 높은 종탑이 서쪽에 보일 때까지 똑바로 걸어갔다가 되돌아오기도 했다. 그러나 결코 그보다 멀리 가지는 않았다.

장이 이렇게 슬퍼하며 외로워하는 것을 본 농가의 사람들은 어찌할 바를 몰랐다. 사람들은 불행한 일이 일어날까 봐 걱정했다. 어느 날 식탁에서 어머니는 눈물을 글썽이며 그에게 말했다.

"장, 네가 그토록 원한다면 결혼하게 해 주마."

그러자 장의 아버지는 얼굴을 붉히며 고개를 숙였다.

장은 고개를 흔들더니 밖으로 나갔다.

이때부터 그의 태도가 달라졌다. 장은 부모님을 안심시키기 위해서 늘 명랑한 척했다. 무도회장이나 술집, 또 소 시장을 드나들며 사람들과 어울렸으므로 안정을 되찾은 듯했다. 축제에서는 파랑돌 춤을 추기도 했다.

"저애가 이제 상처를 떨쳐 낸 모양이야."

아버지는 기뻐했지만 어머니는 여전히 불안했다. 그리고 전보다 더 유심히 아들을 살폈다. 장이 누에 치는 방 바로 옆에서 동생과 함께 자기 때문에 어머니는 그들의 방 옆으로 침대를 옮겼다. 밤중에 누에를 살펴야 할 일이 있을지도 모른다고 핑계를 대면서.

지주들의 수호신인 성 엘루아의 축제날이 돌아왔다.

농가에서는 큰 잔치가 벌어졌다. 모든 사람들에게 샴페인과 포도주가 넘쳐났고, 또한 마당에서 횃불이 타오르고 팽나무에 오색 등불이 가득히 걸렸다.

성 엘루아 만세!

마을 사람들은 모두 지치도록 춤을 추었다. 동생은 새 옷에 불이 붙어 한바탕 소란이 일어났고, 장도 퍽 즐거워 보였다. 그는 어머니에게 춤추자고 졸랐고, 어머니는 기쁨의 눈물을 흘렸다.

한밤중이 되어 사람들은 모두 돌아갔다. 그러나 장은 잘 수가 없었다. 나중에 동생에게 들은 이야기로는 장이 밤새도록 흐느껴 울었다고 한다. 아! 그는 애써 명랑한 척했으나 사실은 너무나 괴로웠던 것이다.

다음 날 새벽녘 어머니는 누군가 자신의 방 앞을 달려나가는 소리를 들었다. 그녀는 어떤 불길한 예감에 사로잡혔다.

"장, 장이니?"

그러나 아무 대답이 없었다. 장은 이미 계단 쪽으로 뛰어가고 있었다. 어머니는 서둘러 일어났다.

"장, 어디 가니?"

장은 다락방으로 올라갔다. 어머니도 아들을 뒤따랐다.

"얘야, 부탁이다!"

장은 문을 닫고 잠가 버렸다.

"장, 내 아들 장. 대답 좀 하렴. 너 어쩌려는 거니?"

어머니는 손을 떨면서 더듬더듬 문고리를 찾았다. 그때 창문이 열리며 마당 위로 무언가 떨어지는 둔탁한 소리가 났다. 그리고 곧 잠잠했다.

가엾은 장은 이렇게 생각했던 것이다.

'아무래도 그녀를 잊을 수가 없어. 차라리 죽는 편이 낫겠어.'

정말 우리의 마음은 얼마나 약한 것인가! 상대를 경멸하면서도 사랑하는 마음을 어쩌지 못하니…….

그날 아침, 마을 사람들은 에스테브 집 쪽에서 누가 그렇게 슬프게 울었는지 수근거렸다. 정원의 이슬과 피로 물든 돌 탁자 앞에서 죽은 아들을 양 팔로 껴안고 몸부림치며 통곡하던 이는 바로 장의 어머니였다.

두 술집 이야기

7월의 어느 날 오후, 님에서 돌아오는 길이었다. 날씨는 숨이 막힐 듯하여 더 이상 꼼짝도 할 수 없을 정도로 더웠다. 하늘에 가득 펼쳐진 은빛의 커다란 태양 아래 끝없이 뻗은 하얀 길은 먼지를 뒤집어쓰고 올리브와 작은 떡갈나무 숲 사이를 관통하고 있었다. 한 점 그늘도 없고, 한 줄기 바람도 없었다. 오직 뜨거운 공기와 시끄럽게 울어대는 매미 소리가 있을 뿐이었다. 그 소리는 미친 듯이 빠르게 연주되는 음악과도 같이 귀를 압도하는, 끝없이 눈부신 빛의 음향 그 자체였다.

나는 2시간 전부터 사막 같은 곳을 걷고 있었다. 그때 갑자기 뿌연 먼지 속에서 마을이 나타났다. 생 뱅상이라는 곳이었다. 대여섯 채의 농가, 붉은 지붕의 긴 차고, 앙상한 무화과나무 숲에는 물이 말라 버린 소와 말의 물통이 있었다. 그리고 마을 끝에는 커다란 두 채의 술집이 길 양쪽에서 서로 마주 보고 있었다.

두 집이 서로 마주 보고 있는 점이 이상하게도 나의 마음을 끌었다. 한쪽은 새로 지은 커다란 집으로 활기가 넘치고 장사가 잘 되는 것 같았다. 문이란 문은 활짝 열려 있었고, 길에는 역마차들이 줄지어 서 있었다.

마차에서 풀어 놓은 말들은 열기를 토하며 서 있었으며, 마차에서 내린 여행객은 길이나 담벽에 생긴 비좁은 그늘에서 급하게 술을 마시고 있었다. 마당 안은 나귀와 마차가 뒤섞여 시끌벅적했으며, 헛간에서는 마부들이 그늘에 누워서 시원해지기를 기다리고 있었다. 집 안에서는 고함 치는 소리, 욕하는 소리, 테이블을 두드리는 소리, 건배하는 소리, 당구공 부딪치는 소리, 병마개 튀는 소리가 뒤섞여 흘러 나왔다. 그리고 이 소란 속에서 한층 높은 목소리로 유리창을 흔들며 씩씩하게 부르는 노랫소리가 들려 왔다.

귀여운 마르그리트
아침 일찍 일어나
은주전자를 손에 들고
우물가로 간다네…….

그 맞은편 술집은 정반대로 빈 집처럼 조용했다. 현관 앞에는 잡초가 무성했고, 덧문은 부서져 있었다. 입구에는 곰팡이가 핀 작은 감람나무 가지가 낡은 깃털 장식처럼 매달려 있었고, 계단은 길가에 굴러다니는 돌멩이로 받쳐져 있었다. 그 집의 모든 것이 너무나 초라해 보이고 적막해서, 그 집에 들어가서 한 잔 마시는 것은 그야말로 자선을 베푸는 것처럼 느껴질 정도였다.

안으로 들어가 보았더니, 음침한 방이 보였다. 게다가 커튼도 없는 세 개의 커다란 창으로 쏟아져 들어오는 눈부신 햇빛 때문에 방이 한층 더 쓸쓸하고 황폐해 보였다. 먼지를 켜켜이 뒤집어

쓴 컵이 어지럽게 쌓여 후들거리는 테이블과 뽀얀 먼지를 덮고
있는 긴 의자, 낡은 계산대, 그런 것들이 그 방에서 끈적끈적한
더위와 함께 잠들어 있었다.
 그리고 엄청나게 많은 파리 떼들!
 나는 지금까지 그렇게 많은 파리를 본 일이 없었다. 천장과 유
리창에도 파리 떼들이 덕지덕지 붙어 있어 내가 문을 열었을 때,
마치 벌통에라도 들어간 것처럼 여기저기에서 붕붕거렸다.
 방 안 한쪽 구석에서는 한 여자가 유리창에 이마를 대고 선
채 넋나간 듯 밖을 바라보고 있었다. 나는 두 번이나 그녀를 불
렀다.
 "이 봐요, 아주머니!"
 여자는 천천히 뒤돌아섰다. 주름진 얼굴은 더없이 창백했다. 그
리고 그 지방의 여인들이 쓰는 듯한 갈색의 긴 레이스 자락이 달
린 모자로 얼굴을 덮고 있었다. 생각보다 나이가 많지는 않는 듯
했지만 어두운 그림자가 얼굴에 깔려 있었다.
 "무슨 일로 오셨어요?"
 여자는 황급히 눈가의 눈물을 훔치며 말했다.
 "잠시 쉬면서 뭘 좀 마시고 싶은데……."
 그녀는 그 자리에서 꼼짝도 하지 않은 채 매우 놀란 표정으로
나를 바라보았다. 영문을 모르겠다는 듯이…….
 "저, 술을 마시려고요."
 그녀는 한숨을 쉬며 대답했다.
 "네, 술집은 맞지만……. 그런데 왜 건너편 집으로 가지 않으세
요? 저 집이 훨씬 좋을 텐데."
 "너무 시끄러워서요. 전 조용한 여기가 좋을 것 같아요."

나는 여자의 대답은 듣지도 않고 자리에 앉았다.

내가 진심으로 말하고 있다고 생각한 여자는 매우 바쁘게 왔다갔다하기 시작했다. 서랍을 열어 술병을 가져오고, 컵을 닦고, 파리를 쫓고……. 손님이 생겼다는 사실이 매우 진귀한 사건이라도 되는 것 같았다. 불쌍한 여자는 가끔 멈춰 서서 도저히 손님을 대접할 수 없다는 듯이 머리를 감싸 쥐곤 했다.

이윽고 여자는 안쪽으로 들어갔다. 자물쇠를 여는 소리가 들리고, 빵 상자를 뒤적이는 소리와 접시 닦는 소리가 들려 왔다. 한숨 소리와 흐느끼는 소리가 간헐적으로 들려 오기도 했다.

그렇게 15분쯤 지난 후, 내 앞에는 건포도 한 접시와 돌처럼 딱딱한 빵, 싸구려 포도주 한 병이 놓여졌다.

"늦어서 죄송합니다. 자, 드세요."

그 여자는 이렇게 말하고 원래 자기가 있었던 창가로 급히 돌아갔다.

술을 마시면서 나는 그녀에게 말을 붙여 보려고 했다.

"손님이 별로 안 오는 모양이군요, 아주머니."

"네, 보시는 대로예요. 이 마을에 술집이 우리 집 밖에 없었을 때에는 이렇지 않았지요. 역마차가 서는 곳이었고, 오리 사냥철에는 사냥꾼들이 식사를 하러 왔지요. 마차 손님은 일 년 내내 끊이지 않았어요. 그렇지만 건넛집이 가게를 열고 나서는 단골들을 다 잃고 말았어요. 손님들은 모두 저 집을 더 좋아해요. 우리 집은 너무 썰렁하다고들 해요. 사실 우리 집은 기분 좋은 곳이 못 돼요. 나는 그다지 예쁘지도 못한데다가 열병을 앓고 있고, 두 딸은 모두 죽고 말았지요. 그런데 저 집에서는 늘 웃음소리가 나고, 여주인인 아를은 목에 금목걸이를 세 겹으로 두르고 레이스 달린 옷을 입은 미인이랍니다. 역마차의 마부가 그 여자의 애인이라서 마차도 항상 그 집 앞에만 대지요. 게다가 예쁜 여자들을 종업원으로 고용해서 저희 단골 손님마저 모두 저 집으로 간답니다. 이런 이유로 우리 집에는 손님이 오지 않기 때문에 나는 하루 종일 멍하니 서 있을 뿐이지요.”

그녀는 여전히 이마를 유리창에 대고 멍하니 건너편 술집을 바라보며 기운 없는 목소리로 이야기했다. 분명히 건넛집에는 무언가 그녀의 마음을 사로잡는 것이 있는 듯했다.

갑자기 길 건너편이 소란스러워졌다. 역마차가 먼지 속에서 움직이고 있었다. 채찍 소리와 마부의 나팔 소리, 문 입구로 달려나온 여자들의 외치는 소리가 들렸다.

“안녕히 가세요!”

그리고 그 속에서 조금 전에 들었던 멋진 노랫소리가 다시 들리기 시작했다.

은주전자를 손에 들고
우물가로 간다네.
우물에서 물을 푸며
세 기사님이 오는 것을…….

그 노랫소리가 들리자 여자는 온몸을 부르르 떨었다. 그리고 나를 향해서 낮은 목소리로 말했다.

“들리시죠? 제 남편의 목소리예요. 노래를 참 잘하죠?”

나는 놀라서 그녀를 바라보았다.

“뭐라고요? 그럼, 당신 남편마저 저 집으로 간단 말입니까? 사실이에요?”

그러자 여자는 슬픈 목소리로 조용히 말했다.

“어쩔 수 없잖아요. 남자들은 다 그런가 봐요. 찡그린 얼굴을 보기 싫어해요. 그런데 나는 딸들이 죽고 난 뒤로 눈물이 마를 사이가 없었거든요. 게다가 아무도 오지 않으니 이 넓은 집에서 얼마나 쓸쓸했겠어요? 그래서 남편은 답답해지면 가엾게도 저 집으로 가서 술을 마셔요. 목소리가 좋기 때문에 그 여주인이 노래를 청하는 거예요. 쉿! 또 시작했어요.”

그녀는 이렇게 말하며 몸을 떨었다. 그러고는 또다시 눈물을 흘렸다. 창문 앞에 서서, 다른 여자에게 노래를 불러 주는 남편의 노랫소리에 귀를 기울이는 그녀의 모습은 더욱 초라해 보였다.

맨 앞의 기사가
가까이 다가와서
인사했다네.
안녕하세요, 아가씨!

교황의 노새

프로방스의 농부들이 이야기를 재미있게 이끌어 가기 위해서 인용하는 속담이나 격언 중에서 이것보다 멋지고 색다른 것을 나는 들어 보지 못했다. 풍차 방앗간에서 사방 15리 이내에서는 원한을 가지고 복수심에 불타는 사람을 보면 모두들 하는 소리가 있다.

"저 사람 조심해! 7년 동안 발길질을 참아 온 교황의 노새 같은 사람이야."

나는 이 말이 어디에서 왔는지, 교황의 노새란 또 무엇인지, 7년 동안 참아 온 발길질이란 도대체 무슨 뜻인지 알아보려고 오랫동안 애썼다. 그러나 이 고장 사람들은 아무도 이것에 대해 말해 주지 않았다. 프로방스 지방의 전설이라면 모르는 것이 없는 피리 부는 프랑세 마마이 할아버지조차도 모르고 있었다. 그도 나처럼 이 이야기에 관해서는 아비뇽 지방에 어떤 내력이 있을 것이라고 어렴풋이 짐작하고 있을 뿐이었다.

"그렇다면 매미 도서관에나 가 봐야 알겠군."

피리 부는 할아버지는 웃으면서 말했다. 매미들의 울음소리가 좋은 생각을 떠오르게 해 준다는 뜻에서, 매미가 우는 숲 속을 '매미 도서관'이라고 했던 것이다.

좋은 생각이라고 여겨졌다. 매미 도서관은 바로 우리 집 앞에 있었기 때문에 일 주일 동안 나는 그곳에 묻혀 살았다.

그곳은 놀라울만큼 모든 것이 잘 갖추어져 있었으며, 문인들에게는 언제나 개방되어 있었고, 항상 음악을 연주하고 있는 사서들이 시중을 들었다.

나는 그곳에서 기분 좋은 나날을 보내며 일 주일 동안 연구한 끝에 드디어 내가 바라는 것을 찾아 냈다. 그 노새와 7년 동안 참아 온 유명한 발길질에 관한 이야기를 알게 된 것이다. 매우 재미있는 이야기여서 소개하려고 한다.

그 이야기는 마른 라벤더 향기가 풍기고, 책갈피 대신에 커다란 거미줄이 있으며, 파란 하늘을 바탕으로 한 자연의 책 속에 있었다.

교황이 살던 시대의 아비뇽을 보지 못한 사람은 아마도 그때의 아비뇽을 상상조차 할 수 없을 것이다. 즐겁고 생기가 넘치며 시끌벅적해서 항상 축제 분위기가 흐르던 그때를……. 그런 도시는 세상에 그리 흔하지 않았다. 아침부터 밤까지 기도 행렬과 순례 행렬이 끊이지 않았고, 거리는 꽃으로 장식되었으며, 바닥에는 융단이 깔려 있었다. 깃발을 바람에 나부끼며 아름답게 장식한 배를 타고 론 강을 건너 추기경들이 도착했다.

광장에서는 라틴 어로 노래를 부르는 교황청의 병사들과 헌금을 걷는 수도사들이 딱딱이를 울려 댔다. 게다가 벌집을 둘러싼 벌 떼처럼 교황청 둘레에 모여 있는 집들, 레이스를 짜는 베틀의

딸각거리는 소리, 사제의 황금 제복을 짜는 베틀 북이 왔다갔다 하는 소리, 술병을 조각하는 사람들의 작은 망치 소리, 현악기 만드는 집에서 조율하는 소리, 베틀 앞에서 날실을 뽑는 여자들의 노랫소리, 그리고 저 위쪽에서 울려 퍼지는 종 소리와 론 강의 다리 옆에서 울리는 북 소리. 이런 모든 것들 때문에 이 고장 사람들은 기쁠 때는 춤을 추지 않고는 견딜 수 없었다.

그런데 그 거리는 춤추기에 너무 좁았기 때문에 피리와 북을 아비뇽 다리 위에 갖다 놓고 론 강의 시원한 바람을 쐬며 밤낮으로 춤을 추었던 것이다.

아, 즐거운 시간! 즐거운 도시! 창과 칼을 휘두르며 싸우는 일도 없었고, 감옥은 포도주를 보관하는 창고로 쓰였다. 굶주림이나 전쟁도 없었다. 교황들은 대대로 백성을 잘 다스렸고, 사람들은 교황을 극진히 섬겼다.

그런 여러 교황들 중에서 보니파스라고 하는 착하고 늙은 교황이 다스리던 시대 때의 이야기이다. 교황이 죽었을 때 아비뇽 사람들이 그를 위해 얼마나 많은 눈물을 흘렸는지 모른다. 그는 상냥하고 친절하며 온화한 교황이었다. 노새를 타고 지나갈 때의 그의 얼굴엔 인자한 미소가 번져 있었으며, 그는 자기 옆을 지나가는 사람들에게, 설령 그 사람이 보잘것 없는 직공이든 대법관이든 정중하게 축복해 주었다.

교황의 웃는 얼굴에는 기품이 있었고, 모자에는 한 가닥의 박하 꽃줄기가 꽂혀 있었다. 탐욕과 거리가 먼 선량한 이 교황에게 지금까지 알려진 유일한 재산은 아비뇽에서 3리나 떨어진 사토르뇌프의 숲 속에 있는 포도밭밖에 없었다. 게다가 그 포도밭은 그가 손수 가꾼 조그만 것이었다.

교황은 일요일마다 미사가 끝나면 이 멋진 포도밭으로 달려갔다. 노새는 옆에 세워 두고, 양지쪽에 앉아서 추기경들이 주위의 그루터기에 자리를 잡을 때까지 기다렸다. 그러고 나서 교황은 그곳에서 만든 포도주의 병마개를 열게 했다. 루비 빛깔의 고급 포도주는 나중에 '교황의 샤토르뇌프'라고 불리게 되었다.

교황은 흐뭇한 표정으로 포도밭을 바라보면서 조금씩 맛을 음미했다. 이윽고 술병이 다 비워지고 해가 저물면, 그는 사제들을 데리고 즐거운 마음으로 돌아왔다.

그리고 아비뇽의 다리 위에서 북을 치며 파랑돌 춤을 추는 사람들 사이를 건널 때면, 그의 노새는 신이 나서 껑충껑충 뛰었고, 교황도 모자를 흔들거리며 박자를 맞추었다. 이 모습을 보고 추기경들은 눈살을 찌푸렸지만 백성들은 모두 이렇게 말했다.

"오, 훌륭하신 교황님! 우리들의 교황님!"

교황이 샤토르뇌프 포도밭 다음으로 아끼는 것은 바로 그의 노새였다. 교황은 이 짐승을 끔찍하게 사랑했다. 매일 밤 잠자리에 들기 전에 마구간이 잘 닫혀 있는지, 먹이통에 부족한 것은 없는지 살피러 가곤 했다. 그리고 식사가 끝날 무렵에는 반드시 설탕과 향료를 듬뿍 섞은 포도주를 준비시켜서 추기경들의 반대에도 불구하고 자신이 직접 노새에게 갖다 먹였다.

그 노새는 그만한 대접을 받을 만했다. 붉은 얼룩이 있는 검은색의 노새는 다리가 튼튼하고 털은 윤기가 났으며 엉덩이는 토실토실했다. 게다가 매듭 리본과 아름다운 술 장식으로 꾸며져 있는 작은 머리를 자랑스럽게 쳐들고 다녔다. 천사처럼 아름답고 순진한 눈과 쉴새없이 펄럭이는 길다란 두 귀는 마치 귀여운 어린아이 같은 인상을 주었다.

이비뇽 사람들은 이 노새를 존중하였으며 노새가 지나갈 때는 한껏 예의를 표시했다. 그렇게 하는 것이 교황의 마음에 드는 최선의 방법이었기 때문이다. 이런 사실은 '티스테 베덴'이라는 청년의 경우에서 확실하게 증명되었다.

티스테 베덴이라는 청년은 소문난 망나니였다. 아무 일도 하지 않으려 하고 동생들을 꼬드겨서 나쁜 짓만을 골라서 저질렀기 때문에 그의 아버지는 할 수 없이 그를 내쫓았다. 그는 6개월 동안 아비뇽을 떠돌면서 교황청 주변을 어슬렁거렸다. 그 이유는 오래 전부터 교황의 노새에 관해서 어떤 음모를 꾸미고 있었기 때문이다.

어느 날, 교황이 혼자 노새를 타고 성벽 아래를 산책하고 있는데, 티스테가 교황 앞에 나타나서 감격한 듯이 두 손을 모으고 말했다.

"오, 훌륭하신 교황님! 정말 멋진 노새를 갖고 계십니다. 잠시 제가 자세히 볼 수 있도록 허락해 주십시오. 이렇게 훌륭한 노새는 독일 황제도 갖고 있지 못할 것입니다."

그리고 그는 노새를 쓰다듬으며 애인에게 말하듯이 달콤하게 속삭였다.

"자, 이리 오너라. 보석처럼 소중하고 보물처럼 아름다운 노새야."

마음씨 착한 교황은 감동하여 이렇게 생각했다.

'참으로 착한 아이로구나! 내 노새를 저렇게 귀여워하다니……'

그리고 다음 날 무슨 일이 일어났을까? 티스테 베덴은 레이스가 달린 멋진 제복과 비단 망토로 갈아 입고, 금속이 달린 구두를 신고 교황의 성가대에 들어갔다. 그때까지 성가대는 귀족의 자제나 추기경의 조카들만 들어갈 수 있던 곳이었다. 이것이 바로 티스테가 노린 계략이었다. 그러나 티스테 베덴은 그것으로 만족할 수가 없었다.

교황 밑에서 일하게 되자, 이 뻔뻔스러운 망나니는 또 다른 일을 계속 꾸몄다. 다른 사람들에게는 제멋대로 굴면서 노새에게만은 갖은 친절을 다 베푸는 척했다. 그는 항상 귀리나 당근 한다발을 들고 교황의 발코니를 올려다보면서 말했다.

"교황님, 어때요? 이게 누구를 위한 것인지 아시죠?"

교황은 그 모습을 바라보면서 감동하여, 마침내 마구간 돌보는 일을 그에게 맡기고 노새에게 포도주를 갖다 주는 일마저도 그에게 맡겼다. 이 결정은 추기경들의 마음을 언짢게 했다.

또한 노새에게도 그 일은 달갑지 않았다. 포도주 마실 시간이 되면 언제나 대여섯 명의 성가대 소년들이 와서 레이스 달린 망토를 입은 채 짚단더미를 헤치면서 다녔다. 그러고 나서 조금 시간이 지나면 설탕이나 향료의 달콤한 냄새가 풍기는 포도주 그릇을 들고 티스테가 나타났다. 그때부터 이 가엾은 짐승의 고통이 시작되었다.

마시면 몸이 따뜻해지고 날아갈 것처럼 기분이 좋아지는 향긋한 포도주를 티스테는 잔인하게도 냄새만 맡게 하였다. 그리고 노새가 콧구멍을 크게 벌려서 냄새라도 더 맡으려고 하면 '그만, 그 정도면 충분해!' 라고 말하고 포도주를 치워 버렸다. 결국 장밋빛으로 타오르는 아름다운 빛깔의 포도주는 장난꾸러기들의 목구멍으로 사라져 버렸다.

이 장난꾸러기들은 술만 빼앗아 먹는 것이 아니었다. 일단 술을 마셨다 하면 마치 악마처럼 변했다. 노새의 귀를 잡아당기기도 하고 꼬리를 잡고 매달리기도 했으며, 또 어떤 때는 등에 올라타기도 하고 머리에 모자를 씌우기도 했다. 노새는 허리를 한 번 흔든다든가 발길질 한 번으로 그들 모두를 북극성보다 훨씬 먼 곳까지 날려 버릴 수 있었지만, 그런 일은 생각도 할 수 없었다. 그래도 교황의 노새라면 아주 이해심 많고 관대해야 하기 때문이었다.

아이들이 무슨 짓을 해도 노새는 화를 내지 않았다. 단지 티스테 베덴에게만 원한을 품고 있었다. 예를 들어, 그 녀석이 등에 올라가 있는 것을 느끼면 발굽이 근질근질했다. 노새가 그러는 데엔 이유가 있었다. 이 망나니는 유독 장난이 심했다.

어느 날, 티스테는 교황청 탑의 가장 높은 곳으로 노새를 끌고 올라갔다. 지금 내가 하고 있는 이 이야기는 절대로 꾸며 낸 것이 아니다. 20만 명이나 되는 프로방스 사람들이 모두 그 광경을 보았다. 가엾은 노새는 공포에 떨며 나선형 계단을 1시간이나 기어올라갔다. 그런데 갑자기 햇빛이 눈부신 종루가 나왔다. 발 아래로 수천 미터나 떨어진 곳에 꿈처럼 아비뇽 도시가 가물거렸다. 개암 열매만큼 작은 시장과 붉은 개미처럼 병영 앞에 모여 있는 교황의 병사들, 은색 실 위에서 사람들이 춤추는 조그만 다리를 발견했을 때의 기분이란 아마 상상도 할 수 없을 것이다.

아, 가엾게도 놀란 노새가 지르는 비명 소리에 교황청의 유리창이 모두 흔들렸다.

"무슨 일이냐? 노새에게 무슨 일이 생긴 거냐?"

인자한 교황은 발코니로 달려나와서 소리쳤다. 티스테 베덴은 이미 교황청 광장으로 내려와서 우는 얼굴을 하고 머리카락을

쥐어뜯으면서 말했다.

"오, 교황님! 사실은 노새가 탑에 올라갔습니다. 어떻게 하면 좋을까요?"

"혼자서 말이냐?"

"네, 교황님. 혼자서요. 저기를 보세요. 저렇게 높은 곳을……. 귀끝이 조금 나와 있는 것이 보이시죠? 마치 한 쌍의 제비 같은……."

"큰일이다!"

당황한 교황은 위를 올려다보며 소리쳤다.

"노새가 미쳤군! 죽을지도 모르는데……. 어서 내려와. 빨리 내려와!"

맙소사! 노새야말로 어떻게 해서든지 내려가고 싶었을 것이다. 그러나 어디로 가야 할지 알 수 없었고, 계단으로 내려가는 일은 생각조차 할 수 없었다. 멋모르고 따라서 올라오기는 했지만, 그 가파른 계단을 다시 내려가는 일은 상상만 해도 겁이 났다. 가엾은 노새는 현기증이 나서 비틀거리며 어쩔 줄 몰라 하면서도 티스테 베덴을 생각했다.

'나쁜 놈! 내가 살아서 내려가면 내일 아침에는 뒷발로 힘껏 차 버리고 말 테다!'

티스테에게 발길질 맛을 보여 줄 생각을 하니 약간 힘이 솟았다. 그런 위안조차 없었다면 몸을 지탱할 수도 없었을 것이다.

드디어 사람들이 그 높은 곳에서 노새를 끌어 냈다. 그것은 정말 대단한 일이었다. 기중기와 밧줄, 들것으로 어렵게 노새를 끌어 냈다. 실끝에 매달린 황금벌레처럼 네 다리를 허공에서 허우적거리며 끌려내려오는 모습을 모든 사람들이 다 구경하였으니 교황의 노새로서 얼마나 창피했을까?

불쌍한 노새는 그날 밤 잠을 잘 수가 없었다. 발 아래에서는 사람들이 웃고 있고, 자신은 지긋지긋한 탑에서 아직도 빙글빙글 돌고 있는 기분이었다. 노새는 내일 아침이 되면 그 못된 티스테 베덴을 멋지게 걷어차 주겠다고 벼르고 있었다. 멀리에서도 흙먼지가 보일 정도로 힘차게…….

그런데 노새가 마구간에서 이런 멋진 상상을 하고 있는 동안, 티스테 베덴은 무엇을 하고 있었을까? 그는 젊은 귀족들과 함께 교황의 배를 타고 노래를 부르면서 론 강을 따라 나폴리 궁전으로 가고 있었다.

아비뇽에 있는 젊은 귀족들은 외교술이나 예절을 배우기 위해서 해마다 잔 여왕이 있는 곳으로 파견되었다. 티스테는 귀족은 아니지만, 교황은 그가 노새에게 극진한 정성을 쏟았고, 특히 노새를 구출하는 날 발휘했던 활약에 보답하고 싶어서 귀족들과 함께 나폴리 왕궁으로 보내 주었던 것이다.

다음 날 노새의 실망은 이만저만이 아니었다.

'이 나쁜 놈! 벌써 눈치챘군!'

노새는 화가 나서 방울을 마구 흔들며 생각했다.

'어디 두고 보자. 네 녀석이 여기로 돌아오는 날, 내 발길질 맛을 반드시 보여 주고 말 테다. 그날까지만 발길질을 참아야지.'

티스테가 떠나자 교황의 노새는 예전의 평온한 생활과 모습을 되찾았다. 마구간에는 이제 장난꾸러기 성가대 소년들이 오는 일도 없어졌고, 포도주를 마시는 즐거운 나날이 다시 돌아왔다. 편안한 기분으로 낮잠을 즐길 수도 있었으며, 아비뇽 다리를 건널 때 춤곡에 맞추어 사뿐사뿐 걸을 수도 있게 되었다.

그러나 탑에서 망신을 당하며 내려온 사건이 있은 후부터 사람들의 눈초리가 냉담하게 느껴졌다. 노새가 길을 걸어갈 때면 자기들끼리 소곤거리는 소리가 들렸고, 노인들은 머리를 흔들었으며, 아이들은 탑을 가리키면서 웃어댔다. 마음씨 착한 교황마저도 옛날처럼 노새를 신용하지 않았다. 그리고 일요일에 포도밭에서 돌아올 때, 노새 등에서 잠깐씩 졸면서도 마음 속으로는 항상 이런 생각을 했다.

'내가 졸다가 깼을 때, 탑 꼭대기에 올라가 있는 것은 아닐까?'

노새도 그 사실을 잘 알고 있었지만 아무 말도 하지 않고 꾹 참았다. 다만, 누가 노새 앞에서 티스테 베덴의 이름을 말하기만 해도 길다란 귀를 부들부들 떨었다. 그리고 쓴웃음을 지으면서 발굽의 편자를 바닥에다 갈았다.

어느덧 7년이 지났다. 일곱 번째 해가 거의 질 무렵, 티스테 베덴이 나폴리 궁전에서 돌아왔다. 아직 공부가 끝난 것은 아니었지만, 교황의 시종장이 갑자기 죽었다는 소식을 듣고 그 자리가 탐나서 서둘러 돌아온 것이었다.

속이 시커먼 티스테가 교황청의 광장에 들어왔을 때, 교황은 좀처럼 그를 알아보지 못했다. 그만큼 그는 키가 커지고 살이 쪄 있었다. 또 교황도 안경이 없으면 잘 볼 수 없을만큼 늙었기 때문이었다.

티스테는 태연하게 말했다.

"교황님! 저를 모르시겠습니까? 접니다. 티스테 베덴입니다."

"티스테 베덴이라고?"

"그렇습니다. 교황님의 노새에게 포도주를 갖다 주던 사람 말이에요."

"아, 생각나는군! 아주 착한 아이였지. 그런데 이번엔 무슨 일이지?"

"네, 별일 아닙니다. 제가 바라는 것은……. 그런데 참, 교황님의 노새는 잘 있습니까? 아, 다행이군요. 제가 드릴 부탁은 얼마 전에 죽은 시종장 자리를 제게 임명해 달라는 것입니다."

"시종장 자리라고? 너는 너무 어리지 않니? 대체 지금 몇 살이지?"

"스무 살하고도 두 달이 지났습니다. 교황님의 노새보다 다섯 달이 빠르지요. 아, 정말 훌륭한 노새입니다. 제가 얼마나 노새를 사랑하는지 모르실 겁니다. 나폴리에서도 얼마나 그리워했는지……. 교황님, 노새를 만나 봐도 괜찮겠습니까?"

"암, 좋고말고."

선량한 교황은 너무나 감동했다.

"네가 내 노새를 그렇게까지 사랑한다니, 너를 다시는 노새와 헤어지지 않도록 해 주겠다. 오늘부터 시종장 자격으로 너를 내 곁에 두도록 하겠다. 추기경들이 아우성을 치겠지만 어쩔 수 없다. 그런 일에는 익숙해져 있으니까. 내일 저녁 미사가 끝나면 나를 만나러 오너라. 모든 사제들 앞에서 너를 시종장으로 임명하겠다. 그리고 노새를 만난 후에 모두 함께 포도밭으로 가자."

티스테는 무척 기쁜 얼굴로 교황청 대광장을 나왔다. 그가 내일 있을 행사를 얼마나 고대했는지는 말할 필요도 없을 것이다.

그러나 교황청 안에는 누구 못지않게 기뻐하며 초조하게 내일을 기다리고 있는 것이 있었다. 바로 교황의 노새였다. 티스테가 돌아오고 나서 그 다음 날 저녁 미사 때까지, 복수심에 불타는 이 짐승은 끊임없이 귀리를 먹으면서 발길질 연습을 했다. 노새도 역시 벼르고 있던 행사 준비를 하고 있었다.

드디어 이튿날, 저녁 미사가 끝나자 티스테 베덴이 교황청 안뜰로 들어왔다. 원로들이 죽 늘어서 있었다. 붉은 옷을 입은 추기경들, 검은 비로드를 차려 입은 자문관, 작은 휘장을 두른 수도원장, 성 아그리크의 교회 이사, 보라색 옷을 입은 성가대, 제복을 입은 교황의 병사들, 고행하는 수도사들, 방울을 울리며 뒤따르는 성직자들, 성당의 일을 돌보는 모든 사람들이 다 모였다. 정말 화려한 행사였다. 종 소리, 폭죽, 불꽃, 음악, 그리고 아비뇽의 다리 위에서 들려 오는 북 소리 등이 한층 분위기를 돋우었다.

드디어 티스테가 사람들이 모여 있는 한가운데에 나타났다. 그의 위엄 있는 얼굴을 보고 감탄하는 소리가 여기저기서 터져 나왔다. 그야말로 당당한 프로방스의 청년이었다. 곱슬곱슬한 금빛 머리카락과 금세공사인 그의 아버지가 끌로 깎은 듯한 금빛 수염이 사람들의 눈길을 끌었다. 이 수염을 잔 여왕이 손가락으로 만지작거렸다는 소문도 있었다. 티스테는 정말 여왕에게 사랑받을 만한 훌륭한 모습과 빛나는 눈을 지니고 있었다. 그날 티스테는 국가에 경의를 나타내기 위해서 나폴리의 옷차림 대신 프로방스식의 장밋빛에 초록색이 감도는 옷으로 차려 입었다. 그리고 모자 위에는 카마르그산 따오기의 커다란 깃털을 꽂았다.

새 시종장이 될 티스테는 즉시 우아한 태도로 인사하고 교황이 있는 곳을 향해 계단을 올라갔다. 그곳에서 교황은 시종장의 지위를 표시하는 노란 회양목 숟가락과 담자색 옷을 수여하기 위해서 기다리고 있었다. 노새는 포도밭으로 떠날 준비를 갖추고 계단 아래에서 대기하고 있었다.

　티스테 베덴은 그 옆을 지나다가 노새에게 상냥하게 미소지으며 잠시 멈추어 섰다. 교황이 자기를 보고 있는지 곁눈질하면서 노새의 등을 두세 번 가볍게 토닥거렸다. 기회가 온 것이다. 노새는 다리를 올렸다.

　"자, 당해 봐라! 이 나쁜 놈! 오늘을 위해 7년 동안이나 참아 왔다."

　그리고 노새는 펄쩍 뛰어서 뒷발을 내뻗었다. 너무나 맹렬하게 찼기 때문에 몇십 리 밖에서도 흙먼지가 소용돌이치는 것이 보였다. 그 속에 따오기 깃털이 휘말려 올라갔다. 그것이 불쌍한 티스테 베덴이 남긴 유일한 것이었다.

　노새의 발길질은 보통 그렇게 무섭지 않았지만 그 노새는 교황의 노새였고, 그 발길질은 7년이나 참아 온 것이었다. 아마도 복수에 관해 이것보다 더 좋은 본보기는 없을 것이다.

베를린 포위

의사와 함께 우리 일행은 샹젤리제 거리를 더듬어 올라갔다.
우리는 폭격으로 무너진 벽과 움푹 패인 길바닥을 바라보며 포
위당했던 시절의 파리 역사를 되돌아보고 있었다. 에투알 광장에
가까이 다가갔을 때 의사는 개선문 주변의 한 모퉁이에 화려하
게 모여 있는 집들 중 하나를 가리키며 걸음을 멈추었다.

저기 발코니 위로 네 개의 창문이 닫힌 집이 보이죠? 무시무
시하던 작년, 폭풍과 전쟁의 재앙이 한꺼번에 밀어닥쳤던 8월 초
에 나는 갑자기 정신을 잃은 환자 때문에 저 집에 갔었지요.
저 집에는 조국에 대한 애국심과 군인으로서의 자부심이 대단
했던 주브 대령이 살고 있었어요. 대령은 전쟁이 터지자 우리 군
인들의 개선 행진을 보기 위해 발코니가 있는 그 저택으로 이사
를 왔던 거지요.
가엾은 대령이 비상부르 시의 피습 소식을 들은 것은 저녁 식
사를 끝내고 막 식탁에서 일어서려던 때였습니다.
그 패전 소식에서 나폴레옹의 이름을 읽더니 그는 충격을 받

고 쓰러졌던 겁니다.

내가 달려갔을 때, 대령은 자기 방의 카펫 위에 쓰러져 있었습니다. 얼굴은 마치 몽둥이로 머리를 얻어맞은 것처럼 핏기가 하나도 없었지요. 누워 있는데도 키가 무척 커 보이는 것으로 보아 똑바로 서면 굉장히 큰 키일 것 같았습니다. 숱이 많은 백발의 곱슬머리에 이가 고르게 나 있는 단정한 얼굴이었습니다. 나이는 여든이라고 했지만 그보다 20년은 더 젊어 보였어요.

대령 옆에는 손녀가 무릎을 꿇고 앉아서 눈물을 흘리고 있었어요. 손녀는 대령을 많이 닮았더군요. 두 사람은 마치 같은 틀에서 찍어 낸 두 개의 아름다운 그리스 메달 같았답니다. 다만, 하나는 오래 되어 빛이 바래고 형태가 닳은데 비해, 다른 하나는 방금 만든 것처럼 반짝반짝 윤이 나고 선명하며 형태가 뚜렷하게 보인다는 차이가 있을 뿐이었습니다.

슬퍼하는 소녀의 모습은 너무나 감동적이었고, 가슴을 뭉클하게 했습니다. 소녀의 아버지 역시 군인으로, 그 당시 마크마옹 장군의 사령부에 있었지요. 쓰러져 있는 할아버지곁의 소녀는 어쩌면 할아버지가 죽을지도 모른다는 끔찍한 일을 떠올리는 것 같았지요.

나는 소녀를 안심시키기 위해 온갖 노력을 다했습니다. 하지만 내가 보기에도 대령은 그다지 희망이 없어 보였지요. 나이가 많은 노인인데다가 몸이 반이나 굳어 있어서 도저히 회복이 불가능해 보였습니다. 환자는 3일 동안 의식이 몽롱한 상태로 꼼짝 않고 누워 있었어요.

그러는 동안 라이시스오퐁의 소식이 파리에 전해졌습니다. 당신도 기억하시겠죠? 저녁때까지는 프러시아 군 전사자가 2만 명이 될 거라는 둥, 왕자를 포로로 잡았다는 둥 하며 우리가 크게 이길 줄 알고 떠들썩했었지요.

그런데 신기하게도 온 나라를 들뜨게 만들었던 그 기쁨의 메아리가 의식도 없이 쓰러져 있던 이 가엾은 환자에게 전해졌답니다. 나는 지금도 그것이 기적이었는지, 아니면 알 수 없는 어떤 힘에 의한 것이었는지를 모르겠습니다. 아무튼 그날 저녁, 내가 본 사람은 의식이 없던 어제의 그 환자가 아니었어요. 눈도 건강한 사람처럼 초롱초롱했고, 혀도 전혀 뻣뻣하지 않았어요. 그는 나에게 미소지으며 더듬더듬 인사말까지 건넬 정도로 기운을 차리고 있었습니다.

"승……리……만……세!"

"맞아요, 대령님. 대승리입니다."

그리고 적을 용감하게 물리친 마크마옹의 부대에 대한 소문을 자세하게 들려 주었더니, 그의 얼굴 표정이 금세 평온해지고 생기가 돌더군요.

이야기를 마치고 밖으로 나왔더니 소녀가 나를 기다리고 있었습니다. 그 아이는 핏기 없는 얼굴로 문 앞에서 슬프게 흐느끼고 있더군요.

"할아버지가 많이 좋아지셨어요!"

나는 소녀의 손을 잡고 이렇게 말했습니다. 그 가련한 소녀는 내 말에 대답할 힘조차 없는 것처럼 보였어요. 그 이유는 라이시스오퐁의 우리 군대가 전멸되어 마크마옹 부대가 후퇴한다는 진짜 소식이 전해졌던 거지요. 소녀와 나는 주브 대령이 걱정되어 한참 동안 서로 멍하니 바라보기만 했지요. 그러다가 소녀는 할아버지를 생각하며 어쩔 줄 몰라했습니다. 나도 갑자기 힘이 쭉 빠지더군요. 그가 이 소식을 들으면 분명히 충격을 받을 테니까요. 그래서 우리는 진실을 숨길 수밖에 없었습니다.

"박사님, 제가 할아버지께 거짓말을 하겠어요."

그 천사 같은 소녀가 눈물을 닦으며 나에게 말했지요. 그리고 애써 밝은 표정을 지으며 방으로 들어 갔답니다.

그때부터 소녀는 아주 힘든 일을 하게 되었지요. 처음에는 할아버지가 병으로 정신이 또렷하지 않아서 어린애처럼 잘 속아 주었기 때문에 견딜 만했습니다. 하지만 건강을 점차 회복하면서 정신도 예전처럼 맑아졌습니다. 군대의 활동 사항을 자세하게 알려 주어야 했고, 전투 이야기도 할아버지를 위해서 다시 꾸며 내야 했답니다.

가짜 승리 소식을 만들어 내기 위해 밤낮으로 독일 지도 위에 몸을 굽히고 애쓰는 소녀의 모습은 옆에서 지켜 보기에도 정말 안쓰러웠지요. 프로사르 장군은 바이에른에 진을 치게 하고, 바젠 장군은 베를린으로 향하고, 마크마옹은 발트 해로 진격하는 식으로 이야기를 꾸몄습니다. 사실은 1870년, 프로사르 장군은 샌트아블에서 제2군단을, 바젠 장군은 메츠에서 제3군단을, 마크마옹 장군은 스트라스부르에서 제1군단을 지휘하고 있었는데 말입니다.

소녀는 가짜 이야기를 만들어 내기 위해 모든 일을 나와 함께 의논했고, 나도 역시 할 수 있는 데까지 소녀를 도왔지요. 그러나 이 거짓 공격에 있어서 가장 많은 도움을 준 사람은 바로 주브 대령이었습니다. 그는 나폴레옹 시대에 여러 번 독일을 정복하기 위해 갔었고, 전술을 모두 알고 있었습니다.

"아마 이번에는 이쪽으로 공격해야 할 거야. 그리고 다음에는……"

그의 예상은 항상 정확했지요. 그리고 그런 일들은 나날이 그에게 새로운 힘이 되었습니다.

너무나 안타까운 일이었지만 우리가 아무리 많은 싸움에 승리하고 아무리 많은 도시를 점령해도 그의 욕심은 끝이 없었습니다. 대령이 보기에 우리들의 공격은 언제나 불만이었지요. 노인은 도무지 우리의 거짓말에 만족할 줄 몰랐습니다. 그 집에 갈 때마다 나는 날마다 새로운 전투 소식을 들었습니다.

"박사님, 우리 군대가 드디어 마인츠를 점령했대요."

소녀는 쓸쓸한 표정으로 나를 맞으며 말했습니다. 그리고 방 안에서는 기뻐서 어쩔 줄 모르는 목소리가 들려 왔습니다.

"좋아, 좋아! 이렇게만 나간다면 우리 군대가 일 주일 후에는 베를린을 점령하고 말 거야."

그때 프러시아 군은 일 주일 정도면 충분히 쳐들어올 수 있는 거리까지 와 있었지요. 처음에 우리는 그를 시골로 옮기려고 했지만 집 밖으로 한 걸음만 나가도 모든 사실을 눈치채게 될 테고, 내가 보기에 그는 그런 충격을 견뎌낼만큼 회복되지 못했기 때문에 어쩔 수가 없었습니다.

아, 파리가 포위되던 날, 그날이 아직도 생생히 떠오릅니다.

나는 아주 우울한 마음으로 그 집에 갔지요. 파리에 있는 성문이 닫히고, 성벽 아래에서는 전투가 치열했으며 파리 근처가 전쟁터가 되었다는 사실에 마음이 착잡했습니다.

"박사, 마침내 포위가 시작되었답니다!"

나는 너무나 당황하여 몸이 뻣뻣해지고 목소리가 떨렸습니다.

"대령님! 그럼 모든 사실을 알고 계셨단 말입니까?"

그때 소녀가 나를 향해 말했습니다.

"그럼요, 박사님! 할아버지께서 그걸 왜 모르시겠어요. 베를린 포위가 시작되었는데……."

소녀는 바느질하던 손길을 멈추고 아주 침착하고 조용하게 또 박또박 말했습니다. 그러니 주브 대령이 어떻게 의심할 수 있었겠습니까? 그는 파리가 포위되었음을 알리는 슬픈 대포 소리도 들을 수 없었고, 어둡게 가라앉은 파리의 불행한 모습도 볼 수 없었으니까요.

그가 누운 침대에서 보이는 것이라고는 개선문의 한 귀퉁이와 그의 환상을 더욱 아름답게 장식하는 나폴레옹 시대의 골동품이 전부였습니다. 장군들의 초상화와 갖가지 전투 장면이 새겨진 판화, 다리가 멋지게 휘어진 훌륭한 탁자들, 그 위에 있는 무기 모형과 메달, 소매를 한껏 부풀린 노란 야외복으로 차려 입은 귀부인들이 그려진 그림들이야말로 그가 그처럼 소박하게 베를린 포위를 믿을 수 있게 만든 것들이었습니다.

그날 이후, 소녀와 내가 할 일이 없어졌습니다. 대령이 생각하기에도 베를린 공략은 인내가 필요한 일이었으니까요. 대령이 따분해할 때는 소녀의 아버지 편지를 읽어 주면 해결되었습니다. 물론 그 편지도 가짜였지요. 이미 파리 시내에는 어떤 편지도 들어올 수 없었으며, 스당에서 패배한 뒤로 마크마옹의 참모들은 독일의 포로로 잡혀 가 있었습니다.

그 불쌍한 소녀가 얼마나 절망했을지는 당신도 상상할 수 있겠지요?

아무 소식도 없이 포로가 되어 모든 것을 빼앗기고 어쩌면 몸이 아플지도 모르는 아버지의 이야기를 거짓으로 꾸며야 하는 일, 정복한 나라 안으로 계속 전진해 나가는 군인이 쓸 수 있는 유쾌하며 힘이 넘치는 짤막한 편지를 써야 하는 일 등으로 소녀는 지칠대로 지쳐 있었지요. 몇 주일 소식이 끊기면 대령은 걱정에 싸여 잠을 자지 못했습니다. 그러면 당장 독일에서 편지가 오고 소녀는 자기 할아버지의 침대 곁에서 기뻐서 어쩔 줄 모르겠다는 듯이 눈물을 삼키며 그것을 읽었습니다. 대령은 조용히 귀를 기울이면서 흐뭇한 미소를 지었습니다. 가끔 편지 내용을 비평하고, 확실하지 않은 부분은 우리들이 이해할 수 있도록 자세하게 설명해 주기도 했답니다. 그런데 가장 감동적인 것은 아들에게 보낸 답장이었지요.

'네가 프랑스 인이라는 것을 절대로 잊어서는 안 된다. 나라를 빼앗긴 불쌍한 사람들에게 너그럽게 대해라. 그들이 너무 견디기 어려워하는 일은 하지 마라. 그리고 남의 재산에 손대지 마라. 여인네들에게는 예의를 깍듯이 지켜라……'

그야말로 전쟁에 이긴 국민들이 지켜야 할 몸가짐에 대한 끝없는 충고였지요. 그리고 전쟁에 진 나라가 책임져야 할 것들에 대해서도 적었습니다. 그렇지만 별로 무겁지도, 까다롭지도 않은 책임들이었습니다.

'전쟁을 치르는 데 들어간 비용을 물어내게 하는 것 외에는 아무것도 요구하지 마라. 그들에게서 영토를 빼앗는다고 해서 우리에게 무슨 이익이 생기겠느냐? 독일을 프랑스로 만들 수는 없는 일이다……'

대령은 신념에 찬 목소리로 편지 내용을 받아 적게 했습니다. 그 속에는 조국에 대한 그의 깊은 사랑이 담겨 있었습니다. 세상이 어떻게 돌아가는지 전혀 모르고 하는 얘기였지만 어쨌든 나는 그의 이야기를 들으면서 한없는 감동을 느꼈습니다.

그러는 동안에도 파리 포위는 계속되었어요. 혹한(酷寒)과 폭격, 전염병과 굶주림으로 파리 사람들은 지칠 대로 지쳤습니다.

우리들의 조심스런 태도와 세심한 노력, 그를 감싸고 있는 다정한 분위기 덕분에 대령은 마음의 평온을 잃지 않았습니다. 나는 그를 위해 부드러운 빵과 맛있는 고기를 보냈습니다. 하지만 1인분밖에는 구할 수가 없었지요.

집 밖에서 무슨 일이 벌어지고 있는지 아무것도 모른 채 즐겁게 식사를 하는 대령의 모습은 보기에도 정말 애처로웠답니다.

대령은 턱 밑에 수건을 받치고 침대 위에서 밝게 웃고 있었어요. 그 곁에서 파리하게 야윈 소녀가 할아버지의 손을 이끌어 맛있게 요리된 음식을 먹고 마실 수 있도록 도왔습니다. 밖에는 찬바람이 몰아치고 눈보라가 휘날리고, 따뜻한 방 안에서 음식을 맛있게 먹고 있는 옛 군인은 잔뜩 신이 나서 벌써 백 번도 넘게 한 옛날 전투 시절의 이야기를 들려 주었습니다. 먹을 것이라곤 언 과자와 말고기밖에 없었던 시절, 러시아에서 후퇴하던 그 비참했던 때를 말입니다.

"얘야, 알겠니? 우리는 그때 너무 배가 고파서 말고기를 먹었단다. 말고기를!"

소녀는 할아버지의 이야기를 충분히 이해할 수 있었지요. 두 달 동안 소녀는 말고기밖에 먹지 못했으니까요.

그런데 대령이 점차 건강을 회복해 감에 따라 우리들은 점점 더 힘들어졌습니다. 그가 몸을 잘 움직이지 못할 때는 그나마 우리들에게 큰 도움이 되었는데, 이제는 그렇지 않았습니다. 그가 몸을 자유롭게 움직이기 시작한 것입니다.

그는 벌써 두세 번이나 마이요 문에서 나는 요란한 사격 소리를 듣고 자리에서 벌떡 일어난 일이 있었습니다. 그래서 우리는 그건 우리 군대가 베를린 근처에서 마지막 승리를 거두고 축하하기 위해서 축포를 쏘는 것이라고 거짓말을 꾸며 대야만 했습니다.

또 어느 날은 그의 침대를 창가로 옮겼었는데, 그때 그는 그랑다르메 거리에 집합해 있는 우리 군대를 똑똑히 보았던 거지요.

"저게 뭐냐?"

대령이 물었습니다. 그러고는 작은 목소리로 투덜거렸습니다.

"옷꼴이 형편없군! 형편없어!"

그 밖에 다른 일은 없었지만 우리는 앞으로 더욱 조심해야 되겠다고 생각하며 안도의 숨을 쉬었지요.

어느 날 저녁, 내가 그 집에 들어가자마자 소녀가 달려나왔습니다.

"프러시아 군이 내일 들어온대요."

소녀는 몸을 떨면서 당황한 목소리로 말했습니다.

그때 대령의 방문이 열려 있었던 모양입니다. 어쨌든 시간이 지난 뒤에 생각해 보니, 그날 저녁 대령의 얼굴빛이 전과 좀 달랐던 것 같습니다. 아마 우리들의 이야기를 들었던가 봅니다.

우리는 프러시아 군의 이야기를 했는데, 대령은 자신이 오랫동안 애타게 기다려 온 프랑스 군의 개선을 생각했던 것입니다.

군악대의 연주가 울리는 가운데 시민들이 뿌린 꽃가루가 날리는 거리를 마크마옹 장군이 걸어 내려오고, 자기 아들은 장군 곁에 서 있는 모습을……. 그러면 대령은 소중하게 보관해 두었던 군복을 꺼내 입고 구멍 뚫린 깃발과 화약에 그을린 독수리 표시를 향해 경례를 하고…….

가엾은 주브 대령은 이런 것을 상상하며, 그가 감격을 이기지 못하여 충격을 받을까 봐 우리들이 프랑스 군의 개선 행진을 보지 못하게 하는 거라고 생각했을 것입니다. 그래서 그는 자신의 계획을 아무에게도 말하지 않았던 거지요.

마침내 그 다음 날 프러시아 군대가 마이요 문에서 틸르리로 이어지는 긴 거리를 천천히 걸어 내려올 때, 2층 창문이 살며시 열리더니 발코니 위로 대령이 나타났습니다. 명예롭고 역사 깊은 옛날 군복을 갖춰 입고, 철모를 쓰고, 허리에 긴 칼을 차고 말입니다.

어디에서 그런 힘이 나왔는지 나는 아직도 모르겠습니다. 몸이 완전히 회복된 게 아니라서 상당히 힘들었을 텐데 군복을 입고 완전 무장까지 했으니 말입니다.

어쨌든 그날의 거리는 황량한 바람이 불고 집들은 문을 꼭꼭 닫았으며 파리 전체가 우울한 분위기에 휩싸여 있었습니다. 곳곳에 깃발이 꽂혀 있었지만 그것은 개선하는 프랑스 군의 깃발이 아니라 하얀 바탕에 빨간 십자가가 있는 이상한 것이었습니다. 우리 군을 마중 나가는 사람은 아무도 없었지요.

대령은 갑자기 눈이 휘둥그래졌습니다. 그리고 자신이 잘못 본 것이라고 생각하는 듯했지요.

그러나 그것은 현실이었습니다. 개선문 뒤쪽에서 희미하게 들려 오는 어수선한 소리, 아침 햇살을 받으며 전진해 오는 검은 행렬, 그리고 차츰차츰 철모들이 보이기 시작하고, 샤벨의 철커철커 하는 소리가 점점 가까워졌습니다. 그 우울한 소리들과 함께 에투알 광장의 개선문 아래로는 슈베르트의 '군대 행진곡'이 울려 퍼졌습니다.

이것은 1871년 3월 1일에 일어난 일이었습니다. 그날 아침, 독일 군대는 현재의 포시로에서 콩코르드 광장까지 행군했습니다. 그들은 개선문 아래로는 지나가지 않고 돌아갔습니다.

그때 갑자기 광장의 무거운 침묵을 깨뜨리고 성난 외침 소리가 들렸습니다.

"모두들 나와서 무기를 들어라! 프러시아 군을 무찌르자!"

그리고 광장 저쪽의 발코니 위에서 키가 큰 노인 하나가 팔을 휘저으면서 비틀거리다가 푹 쓰러졌습니다. 주브 대령은 그렇게 최후를 마쳤습니다.

코르뉴 할아버지의 비밀

프랑세 마마이라고 하는 피리 부는 할아버지는 가끔 나를 찾아와서 밤을 지새우며 이야기하곤 했다. 어느 날 밤 생포도주를 마시면서 20여 년 전에 마을에서 일어났던 슬픈 이야기를 내게 들려 주었다. 지금 내가 살고 있는 이 풍차 방앗간에서 있었던 일이다. 내가 눈물을 흘리면서 들었던 감동적인 이야기를 여러분에게 들려 주려고 한다.

여러분, 잠시 동안이나마 향기가 그윽한 포도주 항아리 앞에 앉아 피리 부는 할아버지의 이야기를 듣고 있다고 생각해 보라.

이 고장도 예전에는 사람이 없는 쓸쓸한 곳이 아니었다. 제분업이 번창하여 사방 백 리 안의 농사꾼들이 이 마을로 밀을 빻기 위해 오곤 했다.

마을을 둘러싼 언덕에는 풍차가 세워져 있었다. 사방 어느 쪽을 보아도 소나무 밭 위로 바람에 도는 풍차의 날개와 자루를 가득 싣고 언덕길을 오르내리는 조그마한 노새들의 행렬이 눈에 띄었다. 일 주일 내내 그 언덕 위에서는 채찍질하는 소리와 풍차

날개의 천이 펄럭이는 소리와 방앗간의 일꾼들이 '이랴, 이랴!'
하며 나귀를 부리는, 듣기 좋은 소리들이 들려 오곤 했다.

　일요일이면 모두들 풍차 방앗간으로 떼를 지어 몰려갔고, 언덕
위의 방앗간 주인들은 사람들에게 포도주를 대접했다. 레이스가
달린 숄을 두르고 금 십자가 목걸이를 한 방앗간의 아낙네들은
여왕처럼 아름다웠다. 코르뉴 할아버지도 늘 피리를 가지고 갔다.
캄캄한 밤이 될 때까지 사람들은 춤을 추었다. 풍차는 이 마을을
풍성하고 활기차게 해 주는 보물이었다.

　그런데 안타깝게도 프랑스 사람들은 타라스콩에 증기 제분 공
장을 세웠다. 새로운 것은 무엇이든지 좋다고 믿는 사람들은 저
마다 이 제분 공장으로 몰려갔다. 그래서 풍차 방앗간은 할 일을
잃고 말았다. 처음 한동안은 경쟁도 해 보았지만 끝내 증기에 밀
려 하나둘씩 문을 닫고야 말았다. 귀여운 나귀들의 발걸음도 끊
기게 되었고, 아름다운 아낙네들은 금 목걸이를 팔아야만 했다.
포도주도 마실 수 없고, 춤도 더 이상 볼 수 없게 되었다. 바람이
불어도 풍차의 날개는 움직이지 않았다. 그러던 어느 날 마을에
서는 이 쓰러져 가는 풍차 방앗간들을 헐어 버리고는 그 자리에
포도나무와 올리브나무를 심었다.

　그러나 이때 증기 제분 공장들과 함께 언덕 위에 당당하게 버
티어 서서 힘차게 돌고 있는 유일한 풍차 방앗간이 있었다. 그것
은 바로 지금 우리가 이야기를 하면서 밤을 세우고 있는 코르뉴
할아버지의 방앗간이다.

　60여 년을 밀가루 속에서 살아 온 코르뉴 할아버지는 평생을
방앗간 일에만 매달려 왔다. 제분 공장이 들어서자 코르뉴 할아
버지는 미친 사람처럼 되어 버렸다. 1주일 동안 동네방네 뛰어다

니며 사람들을 불러 모은 뒤 제분 공장이 프로방스를 망하게 할 것이라고 고래고래 소리쳤다.

"저 녀석들한테 가지 마시오. 저 악당들은 빵을 만드는 데 악마가 생각해 낸 증기를 사용하고 있어. 그러나 나는 바람과 함께 일하지. 이 바람은 인자하신 하느님의 입김이거든……"

이렇듯 헤아릴 수 없이 많은 말을 생각해 내면서 풍차를 선전했지만 아무도 그의 말에 귀를 기울이지 않았다.

그러자 화가 치민 노인은 자기의 방앗간에 들어박혀 고립된 생활을 했다. 부모를 여의고 의지할 수 있는 가족이라고는 이 할아버지밖에 없는 15살의 손녀 비베트조차도 곁에 오지 못하게 했다. 가엾게도 이 소녀는 곡식 거두기, 누에치기, 또는 올리브 열매 따기 등의 일을 이곳저곳 농가를 찾아다니면서 해야만 했다. 코르뉴 할아버지는 종종 손녀를 만나기 위해 땡볕을 쬐며 40리 길을 걸어서 손녀가 일하고 있는 농가까지 가는 일이 있었다. 그리고 눈물을 흘리며 손녀를 바라보면서 몇 시간을 보내곤 했다.

마을 사람들은 비베트가 농가에 품팔이를 가는 것은 코르뉴 할아버지가 구두쇠이기 때문이라고 생각하고 있었다. 그리고 손녀를 머슴들의 난폭한 희롱을 당하게 될 염려가 있는 농가를 떠돌아다니게 하고, 또 품팔이를 하면서 겪게 될 온갖 어려움에 부딪치도록 내버려 두는 것을 결코 좋게 생각하지 않았다. 게다가 체통 지키기로 유명한 할아버지가 거지처럼 맨발에 구멍이 뚫린 모자를 쓰고 누더기를 입고 이리저리 거리를 쏘다니는 것을 사람들은 몹시 못마땅하게 여겼다. 사실 일요일마다 코르뉴 할아버지가 미사에 참여할 때면 같은 연배의 노인들은 가까이 오는 것을 꺼려했다. 그도 그것을 잘 알고 있었으므로, 교회의 임원석에 가서 앉지 않았고 성당의 안쪽에 있는 성수반 곁의 가난한 사람들과 함께 있곤 했다.

코르뉴 할아버지의 생활에는 뭔가 이상한 점이 있었다. 벌써 오래 전부터 마을에서는 아무도 그의 방앗간에 밀을 빻으러 가는 사람이 없는데도 풍차는 전과 다름없이 계속해서 돌고 있었다. 마을 사람들은 저녁에 커다란 밀가루 포대를 잔뜩 실은 노새를 몰고 가는 영감을 만나곤 했다.

"안녕하세요. 영감님! 요즘 어떻게 지내십니까? 그리고 방앗간은 여전한가요?"

하고 마을 사람들이 말을 건네면

"그럼, 여전하지."

하고 할아버지는 쾌활한 목소리로 대답했다.

"고맙게도 일감은 끊어지지 않아."

라고 덧붙여 말하기도 했다.

그러면 어떤 사람은 도대체 어디서 그렇게 많은 일감이 오느냐고 물었다. 코르뉴 할아버지는 입술에다 손가락을 갖다 대고는 엄숙하게 대답했다.

"쉿! 이건 수출하기 위한 것이라네."

누구도 그 이상은 절대로 더 알아 낼 수가 없었다. 손녀 비베트조차도 방앗간 안에 들어갈 수 없었다.

그 앞을 지나다 보면 문은 언제나 닫혀 있었고, 커다란 풍차의 날개는 끊임없이 돌고 있었다. 그리고 늙은 노새는 앞뜰에서 풀을 먹고 있었고, 야윈 고양이는 창문 옆에서 햇볕을 쬐면서 짓궂은 눈초리로 지나가는 사람들을 노려보았다.

이 모든 것은 엄청난 비밀을 간직하고 있는 것처럼 보였다. 그래서 무성한 소문이 꼬리를 물고 이어졌다. 사람들은 제각기 각자의 추측으로 코르뉴 할아버지의 비밀을 이야기했지만, 떠도는 소문의 큰 줄기를 이루는 것으로는 그 방앗간에는 밀가루 자루보다 은전 자루가 훨씬 더 많다는 것이었다.

그러나 얼마 지나지 않아 모든 사실이 밝혀졌다.

어느 날 프랑세 마마이 할아버지가 부는 피리 소리에 맞추어서 젊은이들이 춤을 추고 있을 때였다. 프랑세 마마이 할아버지는 큰아들 녀석과 비베트가 서로 사랑하는 사이라는 것을 알게 되었다. 별로 싫지가 않았다. 코르뉴 집안은 마을에서는 명문의 집안이었고, 게다가 비베트라는 귀여운 어린 참새가 집 안을 뛰어다니는 것을 보는 것 또한 할아버지에게는 즐거운 일이었기 때문이다. 그는 곧 이 일에 대해 결말을 짓고 싶었고, 또 비베트의 할아버지와 의논을 하려고 그의 풍차 방앗간까지 올라갔다. 그런데 아! 지독한 늙은이 같으니라구! 글쎄 이 영감이 어떠한 태도로 프랑세 마마이 할아버지를 맞았는지 들어 보시라. 프랑세 마마이 할아버지 능력으로는 도저히 풍차 방앗간 문을 열게 할 수가 없었다. 프랑세 마마이 할아버지는 올라온 이유를 여러 가지 방법으로 간신히 열쇠 구멍을 통해 설명했다. 프랑세 마마이 할아버지가 이야기하고 있는 동안 그 야윈 고양이 녀석은 사뭇 머리 위에서 마치 악마처럼 독기를 토하고 있었다.

코르뉴 할아버지는 프랑세 마마이 할아버지 말이 채 끝나기도 전에 무례하게도 돌아가 피리나 불라고 고래고래 소리를 질러 댔다. 그리고 그렇게 서둘러서 아들을 결혼시키고 싶거든 제분 공장에 가서 처녀들을 골라 보라는 것이었다. 이런 악담을 듣고 프랑세 마마이 할아버지가 얼마나 화가 났겠는가 생각해 보시라.

프랑세 마마이 할아버지는 점잖게 꾹 참았다. 그리고 이 미친 늙은이를 맷돌 곁에 남겨 두고 집으로 돌아와 아이들에게 자세한 이야기를 해 주었다. 그러나 아이들은 프랑세 마마이 할아버지 말을 믿으려 하지 않았다. 그들은 다시 이야기할 테니 제발 풍차 방앗간에 올라갈 수 있게 해 달라고 애원했다. 그들이 너무도 간절히 말했기 때문에 프랑세 마마이 할아버지는 차마 거절할 수가 없었다.

그들이 언덕 위에 올라갔을 때 마침 코르뉴 할아버지는 막 외출을 한 뒤였다. 문은 이중으로 잠겨 있었다. 하지만 그만 사다리를 밖에 두고 갔던 것이다. 아이들은 도대체 이 풍차 방앗간 안에 무엇이 있는지 창문으로 들어가 확인하고 싶은 호기심이 생겼다.

그런데 너무 뜻밖의 일이었다. 맷돌이 있는 방은 텅 비어 있었다. 자루 하나 없고, 밀낟알 하나 없었다. 심지어 벽이나 거미줄에조차도 밀가루가 내려앉은 흔적이 없었다. 방앗간에서 풍기는 참밀의 구수한 냄새조차 나지 않았다. 축은 먼지로 뒤덮였고, 그 위에서 야윈 고양이가 잠을 자고 있었다.

아래층에 있는 방 역시 비참하고 쓸쓸한 모습이었다. 허술한 침대 하나와 누더기, 층계 위에는 빵조각이 하나 있을 뿐이었다. 그리고 한쪽 구석에는 구멍이 뚫린 자루가 몇 개 있었고, 그 뚫어진 구멍으로부터 벽 조각과 흰 횟가루가 흘러 나와 있었다.

이것이 바로 코르뉴 할아버지의 비밀이었다. 방앗간의 체면을 세우고 그곳에서 밀가루를 빻고 있다고 사람들에게 믿게 하려고 노인이 저녁마다 싣고 다니던 자루들은 바로 벽에서 떨어져 나온 이 횟가루였던 것이다.

가엾은 풍차 방앗간과 코르뉴 할아버지! 벌써 오래 전에 제분 공장은 방앗간의 마지막 단골 손님을 빼앗아 갔다. 풍차의 날개는 변함 없이 돌고 있었지만 맷돌은 헛돌고 있었던 것이다.

눈물을 흘리며 돌아온 아이들은 방금 그들이 본 것을 프랑세 마마이 할아버지에게 자세히 말해 주었다. 프랑세 마마이 할아버지도 아이들의 말을 듣고는 가슴이 미어지는 듯 아팠다. 프랑세 마마이 할아버지는 마을의 집들을 뛰어다니며 그 이야기를 간추려 말했다. 그리고 지금 곧 집에 있는 참밀을 모두 코르뉴 할아버지의 방앗간으로 가져가자고 설득했다.

마을 전체 사람들이 길을 나섰다. 우리의 밀—— 그것이야말로 진짜 밀——을 실은 노새의 행렬이 열을 지어 언덕 위로 올라갔다.

방앗간 문은 활짝 열려져 있었다. 문 앞에 코르뉴 할아버지가 부서진 벽토가 들어 있는 자루 위에 앉아 두 손으로 머리를 감싸 쥐고 울고 있었다. 집에 돌아와 보니 자기가 없는 동안 누가 집 안에 들어왔던 흔적이 있었던 것이다.

"이젠 죽을 수밖에 없구나. 방앗간의 명예가 땅에 떨어지고 말았어!"

사람을 대하듯 풍차를 바라보며 코르뉴 할아버지는 탄식했다.

이때 노새의 행렬이 언덕 위의 집 앞마당에 도착했다. 그리고 우리는 모두 방앗간이 한창이던 시절에 했던 것처럼 다음과 같이 큰 소리로 외쳤다.

"영감님, 밀 좀 빻아 주세요.!"

이리하여 밀 포대가 문 앞에 쌓이고 아름다운 황금빛의 낟알이 주위에 흩어졌다.

코르뉴 할아버지는 두 눈을 크게 떴다. 그리고 앙상한 두 손으로 밀을 퍼올리며 웃기도 하고 울기도 하면서 다음과 같이 말했다.

"아! 난 자네들이 다시 나에게 돌아오리라는 걸 믿고 있었지. 제분 공장 놈들은 모두 도둑놈들이라니까!"

우리는 할아버지를 모시고 마을로 내려가려고 했다.

"아니야. 무엇보다 먼저 내 풍차에 먹을 걸 줘야 해……. 오랫동안 풍차는 아무것도 먹지 못했거든!"

그 불쌍한 노인이 밀 자루를 열어 보기도 하고 맷돌을 돌려 보기도 하고, 이곳 저곳 바삐 뛰어다니는 것을 보고 우리들은 모두 눈물을 흘렸다. 그러는 동안 밀이 빻아져서 뽀얀 가루가 천장으로 날아올라갔다.

정말 좋은 일이었다. 그리고 어느 날 아침, 코르뉴 할아버지는 세상을 떠났다. 이제 마을의 마지막 풍차마저 영원히 돌지 않게 되었다.

코르뉴 할아버지가 죽은 뒤 그의 뒤를 이은 사람은 아무도 없었다. 어쩔 수 없는 일이었다. 세상 모든 일이 그렇듯이 어떤 것이나 모두 끝이 있는 법이니까. 그리고 론 강의 나룻배나 프로방스 지방의 최고 재판소나, 그리고 또 커다란 꽃무늬 자켓의 시대가 지나갔듯이 풍차의 시대도 지나갔다고 생각할 수밖에…….

매가(賣家)

이가 잘 맞지 않아 때때로 정원의 모래와 거리의 먼지를 뒤섞이게 하는 목조 대문 위에 오래 전부터 게시판이 걸려 있었다. 여름의 불볕 밑에서는 꼼짝도 하지 않고 가을 바람에는 몹시 흔들리는 집은 폐가라는 말이 더 어울릴 것같이 느껴졌다. 그만큼 집 주위는 적막했다.

그러나 그곳에는 누군가가 살고 있었다. 담보다 약간 높은 벽돌 굴뚝에서 가늘고 창백한 연기가 올라왔다. 그것은 가난한 사람들이 피우는 불의 연기처럼 겸허하고 힘없는 것이었다. 그리고 흔들리는 문의 틈바구니에서 체념이나 공허한 기운, 매각이나 떠나가는 것을 예고하는 그러한 기분은 전혀 엿볼 수 없었다. 잘 손질된 샛길, 풀잎으로 둥근 지붕을 만들고 있는 벤치, 우물가의 정갈한 빨래터로 보아 도저히 팔려고 내놓은 집같지 않았다. 또한 정원을 손질하는 도구들은 헛간 옆에 가지런히 세워져 있었다. 그 집은 평범한 농가에 지나지 않았다. 경사진 땅에 작은 층계로 균형을 잡은 2층 집으로 남쪽을 향하고 있었다. 아래층은 온실 같았다. 층계 위에는 유리 뚜껑들이 포개져 있고, 빈 화분이

엎어져 있었으며 하얗고 따뜻한 모래 위에 제라늄과 마편초가
담긴 화분이 가지런히 놓여 있었다. 그 밖에 두서너 개의 큰 플
라타너스를 빼고는 정원은 햇볕을 가득히 받고 있었다. 몇 장의
잎을 떨구고 있는 과일 나무와 딸기, 덩굴손이 긴 완두콩도 있었
다. 그리고 이 질서와 적막 속에서 한 노인이 밀짚모자를 쓰고
하루 종일 샛길을 왔다갔다하며 서늘한 시간에는 물을 주고 운
동을 하곤 했다.

노인은 이 고장 사람을 아무도 몰랐다. 마을의 단 하나밖에 없
는 길을 달려와서 집집마다 빵을 넣는 빵집 마차를 빼놓고는 찾
아오는 사람도 없었다. 때때로 과수원 터를 알아보기 위해 지나
치는 사람들이 우연히 게시판을 보고 발을 멈추어 초인종을 울
렸다. 처음엔 아무 대답이 없었다. 또다시 벨을 울리자 신발 끄는
소리가 정원 안쪽에서 천천히 다가오고 노인이 문을 비죽이 열
고 화난 듯이 물었다.

"무슨 일이오?"

"집을 내놓으셨죠?"

"그렇소."

노인은 마지못해 대답했다.

"팔려고 내놓았소만 대단히 비쌉니다."

그리고 문을 닫고 빗장을 잠갔다. 그의 눈빛은 찾아온 사람을
쫓아 내려는 것 같았다. 눈빛엔 노여움이 가득 서려 있었다. 그리
고 마치 용처럼 버티고 서서 채소밭과 모래가 깔린 작은 마당을
지키려는 듯 서 있었다. 그래서 그곳을 방문한 사람들은 '참으로
이상한 사람도 다 있다, 그렇게 팔기 싫은 집을 왜 팔려고 내놓
았을까, 대체 무슨 미친 짓을 하고 있는 거야' 하고 불쾌해했다.

그러나 오래지 않아 이 수수께끼가 풀렸다. 어느 날 나는 그 집 앞을 지나가게 되었는데, 그때 큰 소리로 다투는 것을 들었기 때문이다.

"빨리 팔아야 합니다, 아버지. 판다고 약속하지 않으셨어요?"

이어 노인의 떨리는 음성이 들려 왔다.

"그야 나도 어서 팔아 치우고 싶다. 그래서 게시판을 내건 거 아니냐."

나는 이렇게 해서 파리에 작은 가게를 갖고 있는 아들과 며느리가 노인의 마음을 사로잡고 있는 이 땅을 팔도록 강요하고 있다는 것을 알았다. 무슨 일 때문인지는 알 수 없었지만 그들은 그날부터 매주 일요일마다 찾아와서 불쌍한 노인을 귀찮게 하고 약속을 지키도록 강요했던 것이다. 일 주일 동안 경작되고 씨가 뿌려진 다음 땅마저도 휴식을 취한다는 일요일의 평온함 속에서 그러한 대화는 길거리까지 커다랗게 들려 왔다. 자식으로 여겨지는 젊은이들은 투구놀이를 하면서 서로 말을 건네며 토론하고 있었다. 그 날카로운 음성들 속에서 돈이라는 말이 마치 부딪치는 쇳소리처럼 싸늘하게 울렸다. 저녁이 되면 그들은 다 돌아간다. 노인은 그들을 마을 입구까지 바래다 주고 급히 되돌아와서 또 일 주일은 무사하다는 듯이 좋아하며 대문을 닫아 버렸다. 일 주일 동안 또다시 그 집엔 평화가 찾아왔다. 태양이 쨍쨍한 정원에는 모래밭을 밟는 무거운 발소리와 쇠스랑 소리가 전부였다.

그러나 일요일마다 노인은 더욱 재촉을 받게 되어 괴로운 듯 했다. 젊은이들은 모든 방법을 강구했다. 그의 마음을 움직이기 위해서 손주들을 데려와 설득하기도 했다.

"할아버지, 집이 팔리면 우리와 같이 살아요. 네? 보세요, 다 함게 살면 얼마나 좋겠어요!"

한번은 딸이 이렇게 소리치는 것도 들려 왔다.

"이 낡은 집은 아무런 가치도 없어요! 차라리 부수어 버리는 것이 속이 시원하겠어."

그러나 노인은 아무 말이 없었다. 그들은 마치 노인이 세상을 떠난 것처럼 거리낌없이 말하거나 집도 이미 부숴 버린 것처럼 이야기하기도 했다. 노인은 허리를 굽히고 눈물을 글썽이며 묵묵히 쳐 낼 가지가 없는지, 익은 과일은 없는지 살피며 정원을 거닐었다. 그리하여 그는 이 좁은 땅에 깊이 뿌리를 박고 거기에서 떨어져 나갈 의지는 전혀 없다는 것을 확인하곤 했다. 사실 누가 뭐라 하든 그는 언제나 떠나는 날을 미루었다. 여름의 벚나무, 까막까치밥나무 열매 등이 덜 익어서 그 해의 햇볕이 부족했던 것을 느끼면서도 익어 갈 때면 그는 말했다.

"수확을 할 때까지만 기다려 다오. 그런 다음에 너희들 말대로 곧 팔 테니까……."

그러나 수확이 끝나고 버찌철은 가고 복숭아철이 오고 그러고는 포도철, 그 다음에는 늦가을에 따는 황금빛 모과철이 오고 뒤이어 겨울이 찾아왔다.

땅은 다시 거무스름해지고 정원은 텅 비었다. 지나가는 사람도 없고 집을 보러 오는 사람도 없었다. 일요일마다 오던 자식들도 오지 않았다. 노인은 3개월 동안의 휴식 기간에 씨 뿌릴 준비를 하고 과수의 가지 치기를 했다. 그 동안 아무 구실을 못 하는 게 시판은 비바람에 흔들릴 뿐이었다. 노인이 집을 사러 오는 사람들을 쫓아 버리기 위해 온갖 수단을 쓰고 있다고 생각해서 화가 난 자식들은 마침내 새로운 결정을 내렸다. 며느리 한 명이 그

집에 와서 살기로 한 것이다. 그녀는 아침부터 화장을 하고 장사에 길들여진 사람들의 넘치는 친절, 겉치레뿐인 부드러움, 붙임성 있는 태도로 사람들을 대했다. 또한 대문을 활짝 열어 젖히고 큰소리로 이렇게 말하려는 듯이 지나가는 사람들에게 미소를 보냈다.

"들어와서 구경하세요. 좋은 집이랍니다."

가엾은 노인에게 이제 휴식은 사라졌다. 때때로 며느리의 존재를 잊으려고 밭에 가래질을 하고 씨를 뿌렸다. 마치 무엇인가 끔찍한 사실을 잊기 위해 일에 몰두하는 것 같았고, 사형 선고를 받은 사람처럼 비장하기도 했다. 며느리는 끊임없이 그의 뒤를 따라다니며 괴롭혔다.

"일이 무슨 소용이 있어요? 곧 팔릴 텐데……. 그렇게 고생해서 남 좋은 일 시키지 말고 제발 그만두세요."

그는 아무 대꾸도 하지 않고 일에 열중했다. 곧 팔릴 집이라 해도 정원을 버려 둔다는 것은 있을 수 없는 일이며 인연이 멀어지는 듯해서 소홀히 할 수가 없었다. 그래서 샛길에는 잡초 한 포기 없었고 장미나무에는 꺾어진 가지 하나 없었다.

마침 전쟁 때여서 집을 살 사람은 좀처럼 나타나지 않았다. 며느리가 문을 활짝 열어 놓고 길에 나서서 애교 있는 시선을 보내도 지나가는 것은 이삿짐뿐이었고 들어오는 것은 먼지뿐이었다. 며느리는 날이 갈수록 더욱 신경질을 부렸다. 그러다가 파리에 일이 생겨서 돌아가야 했다. 그녀가 시아버지에게 욕설을 퍼부으며 한바탕 난리를 피우고 거세게 문을 닫는 소리가 밖으로 새어 나왔다. 노인은 말없이 허리를 구부리고 완두콩 덩굴이 뻗어나가는 것을 보며 마음을 달랬다. '매가'라는 게시판은 언제나 같은 자리에 매달려 있었다.

올해 또다시 내가 시골에 갔을 때 그 집은 분명히 있었다. 그런데 아! 게시판은……. 게시판에 붙었던 종이는 찢어지고 곰팡이가 피어 아직도 벽에 걸려 있었다. 이제 끝났다. 집이 팔린 것이다. 회색의 큰 대문은 새 칠을 하여 푸른 문으로 변해 있었다. 정면이 둥근 그 푸른 문은 철책의 채광창이 열려 정원이 들여다보였다. 이미 옛날의 정원은 아니었다. 화단과 잔디와 폭포의 인공적인 아름다움이랄까? 정원 정경이 현관 층계 앞에서 흔들리고 있는 금속제 큰 공 속에 반사되고 있었다. 이 공 속에 비친 샛길은 알록달록한 꽃이 줄을 이루고, 땀에 젖은 큰 얼굴 두 개가 번갈아 나타났다. 붉은 얼굴의 뚱보 사내가 투박한 의자에 파묻혀 있고, 뚱보 여인은 숨을 헐떡거리며 물 주전자를 흔들고 외쳤다.

"봉선화에 열네 통이나 물을 주었어요."

집은 한 층 더 쌓아올려졌고, 울타리도 다시 했다. 그리고 새 단장을 한 이 모퉁이 구석은 아직도 페인트 냄새가 나고 유명한 댄스곡이나 공중 무도회의 폴카를 연주하는 피아노 소리가 들려왔다. 길거리까지 들려 오는, 7월의 더위 속에서는 짜증스럽기만 한 댄스곡이나 현란한 꽃, 뚱보 여인의 수선스러움, 넘쳐흐르는 쾌활함과 비속함, 이 모든 것이 내 마음을 슬프게 했다.

행복한 듯이 조용히 걷고 있던 가엾은 노인이 생각났다. 그리고 그가 밀짚모자를 쓰고 늙은 정원사처럼 피로해 보이는 뒷모습으로 눈물을 글썽이며 어떤 가게의 뒤쪽을 서성이고 있는 모습을 상상했다. 그 사이에 며느리는 시골 집을 판 돈이 가득 든 새 계산대에서 사뭇 으스대며 서 있을 것이다.

세 번의 경고

　내가 벨리젤이라는 이름으로 불리며 지금 한 손에 대패를 들고 있는 것이 사실인 것처럼, 텔(19세기 프랑스의 정치가)이 우리들에게 충고를 하고 그것이 훗날 어떤 도움이 된다고 생각한다면, 분명 그는 파리의 민중에 대해서 잘못 생각하고 있는 것이다. 그들이 우리를 한꺼번에 총살을 하건 외국으로 추방하건 사토리의 언덕에 모아서 가이엔(남미에 있는 프랑스 식민지)에 보내건 정어리통 같은 배에 몰아 넣건 그건 모두 부질없는 짓이다. 파리 사람들은 폭동을 좋아한다. 그 누구도 이 취미를 잠재우지는 못할 것이다. 타고난 기질이라 어쩔 수 없다. 우리가 좋아하는 것은 정치가 아니라 정치에서 발생하는 폭동이다. 공장이 문을 닫고, 사람들이 모여들어 할 일 없이 빈둥거린다. 그리고 뭐라고 말할 수는 없지만 그 밖에 재미있는 일들이 많다.
　나처럼 오리온 가의 목공소에서 태어나 8살부터 15살까지 견습공 일을 하고 대팻밥을 가득 실은 손수레를 끌고 교외를 달린 경험이 없으면 이 참맛을 제대로 알 수 없다. 아! 정말이지 그 시대에는 혁명이라는 것을 충분히 맛보았다고 할 수 있다. 키가 어른들의 장화 높이밖에 안 되던 꼬마일 때부터 파리에 어떤 소동이 일어나면 언제나 나는 그 속에 끼여 있었다. 대개의 경우, 나는 그 소동을 미리 짐작하고 있었다. 직공들이 서로 팔을 끼고 길을 메우고 교외를 걸어가거나 문 앞에서 여자들이 몸짓 손짓을 하며 수다를 떨고 수많은 사람들이 성문 쪽으로 몰려가는 것을 보면 나는 대팻밥을 싣고 가며 중얼거렸다.

"그래! 무슨 일이 벌어지겠군!"

그러면 실제로 뭔가 반드시 일어났다. 저녁에 집에 돌아오면 가게는 사람들로 가득했다. 아버지 친구들이 작업대를 둘러싸고 정치 이야기를 하고 있고, 이웃 사람들이 신문을 가져왔다. 그때 오늘날같이 한 장에 1프랑 하는 신문은 없었다. 신문을 보고 싶은 사람들은 한 건물에서 몇 사람이 돈을 모아 1층에서 2층으로 하는 식으로 돌려서 읽었다. 어떤 일이 있어도 묵묵히 일만 하던 아버지는 새로운 뉴스를 들으면 화를 버럭 내며 대패를 내던졌다. 그리고 식탁에서는 어머니가 우리들에게 언제나 이렇게 주의를 주었다.

"너희들, 조용히 해라. 정치 문제로 아버지의 기분이 안 좋으시니까."

물론 나는 정치에 대해서 별로 알지 못했다. 그러나 빈번히 들어 머릿속에 박힌 말도 많았다. 이를테면

"기조(19세기 프랑스 정치가) 녀석, 강(베릭에의 도시)으로 가 버렸어!"

나는 이 기조라는 자가 누군지, 강으로 갔다는 것이 무엇을 뜻하는지 몰랐다. 그러나 그건 중요하지 않았다. 어른들처럼 흉내를 내며 다녔다.

"기조, 기조 녀석!"

그리고 내가 그 불쌍한 기조를 녀석, 녀석, 하고 부르고 있는 사이에 점점 그와 경찰을 머릿속에서 혼돈하게끔 되었다. 그 경찰은 언제나 오리온 가 한모퉁이에 서서 대팻밥을 실은 손수레를 핑계로 나를 귀찮게 했다.

이 거리에서는 아무도 이 빨간 얼굴의 키다리 경찰을 좋아하지 않았다. 개나 어린아이들조차도 그를 싫어했다. 다만 포도주 장수만이 예외로 그의 비위를 맞추기 위해 가게 문 사이로 한 잔의 포도주를 가끔 슬그머니 내어 주곤 했다. 빨간 키다리는 모르는 체하고 다가와서 상사가 있는지를 좌우로 살핀 다음 포도주를 쭉 들이켰다.

나는 그처럼 빨리 포도주를 마셔 대는 사람을 본 적이 없다. 재미있는 것은 그가 팔꿈치를 쳐드는 때를 기다려서 그의 뒤로 다가가 외치는 것이다.

"이 봐, 정신차려! 서장님이 오신다."

파리의 민중들은 이렇게 짓궂었다. 경찰은 여러 가지로 골탕을 먹었다. 그러나 불쌍하게도 모두 그를 싫어하고 개처럼 취급했다. 장관이 멍청한 짓을 하면 그 뒤치다꺼리를 하는 것도 경찰이다. 그리고 일단 진짜 혁명이 일어나면 장관 나리들은 베르사유로 달아나고 경찰들은 운하 속에 내동댕이쳐진다. 그런데 처음에 이야기한 것처럼 나는 파리에 무슨 일이 일어나면 맨 먼저 그것을 아는 사람 중의 한 사람이었다. 그런 날이면 동네 어린아이들은 모이는 장소를 정하고 모두 함께 교외로 나갔다. 이렇게 외치는 아이들도 있었다.

"몽마르트르 도로이다! 아냐, 생드니 성문이다!"

　그쪽에 일이 있어 갔던 사람들은 지나가지 못하고 화가 나서 되돌아왔다. 아낙네들은 빵집으로 달려갔고, 대문을 닫아 걸었다. 이런 모든 것들이 우리를 흥분시켰다. 우리는 노래를 부르며 폭풍이 불어올 때처럼 좌판과 광주리를 날쌔게 치우는 길가 상인들과 부딪치며 전진했다. 때로는 운하의 수문이 이미 닫혀 있기도 했고, 마차와 짐수레가 멈춰 서 있었다. 마부들은 비명을 지르며 불안에 떨고 있었다. 우리들은 교외와 탕프르 거리를 연결하는 층계가 많은 폭넓은 육교로 올라가서 큰 거리로 나왔다.

　재미있는 곳은 이 큰 거리이다. 이곳은 축제 때나 폭동이 일어났을 때처럼 마차가 거의 보이지 않아서 멋대로 이 큰 거리를 뛰어다닐 수 있다. 우리들이 지나가는 것을 보면 거리의 상인들은 그것이 무엇을 의미하는지를 알고 재빨리 문을 닫는다. 덧문이 달그락거리는 소리가 우리에게도 들려 온다. 그러나 일단 가게문을 닫고 나면 이 사람들은 바쁘게 문 밖의 보도로 나온다. 파리 사람들은 호기심이 무엇보다도 강하니까.

　마침내 우리는 검은 덩어리를 발견한다. 군중, 혼잡. 여기다! 잘 보려면 맨 앞줄에 서야 한다. 그런데 그렇게 하면 얻어맞기가 쉽다. 그러나 밀고 부딪치고 발 사이로 끼여들고 한 끝에 우리는 마침내 목적을 이룬다. 일단 모든 사람 앞에 나오면 크게 숨을 내쉬고 으스대게 된다. 실제로 그렇게 해 볼만한 가치가 있는 것이다. 정말 보카드 씨나 메렝그 씨 같은 명배우도, 내가 거리의 저쪽 빈 공간을 경찰서장이 견장을 달고 전진해 오는 것을 보며 느끼는 것처럼 가슴을 울렁거리게 하지는 못할 것이다. 모두들 크게 외쳤다.

　"서장이다! 서장이다!"

난 아무 말도 하지 않았다. 두려움과 기쁨이 뒤섞인 뭔지 모를 기분으로 그저 입술만 깨물었다. 마음 속으로 나는 생각했다.

'서장이 저기 있다. 곤봉이 언제 날아올지도 모르니까 조심해 야지.'

나에게 깊은 인상을 준 것은 곤봉의 세례를 받은 것보다도 그 서장 녀석이다. 검은 제복에 현장을 두르고 모두들 군모나 삼각 모를 쓰고 있는데 혼자 실크 해트를 쓰고 손님처럼 차려 입었다. 실제로 나는 그에게서 강렬한 인상을 받았다. 북 소리가 울린 뒤 에 서장은 뭐라고 중얼거렸다. 조용했지만 너무 멀리 떨어져 있 었기 때문에 그의 음성은 공중으로 사라지고 다만 붕…붕…붕… 하는 소리만 들려 왔다. 그러나 우리들은 그와 마찬가지로 군중 에 대한 법칙을 알고 있었다. 우리는 폭력으로 강제 해산을 당하 기 전에 3회의 경고를 받을 관리가 있다는 것을 알고 있었다. 두 손을 주머니에 넣고 아주 조용히 그곳에 서 있다가 두 번째 북 소리가 울리면 후루룩 자고새가 날아가듯 흩어진다. 그러고는 외 치는 소리, 울음소리, 하늘에 던져진 앞치마, 모자, 군모, 그리고 뒤쪽에서는 곤봉의 세례가 시작된다. 정말로 어떤 연극이라도 이 만큼 감동을 주지는 못할 것이다. 이 광경을 사람들에게 이야기 하기 위해서는 일 주일은 족히 걸릴 것이다.

"나는 세 번째 북 소리를 들었다!"

이렇게 말할 수 있는 사람들은 얼마나 우쭐댔던가.

물론 그러기 위해서는 때때로 상처를 입을지도 모르는 위험을 무릅써야 한다. 어느 날 생투스타슈 교회의 한쪽 끝에 있었던 일 이다. 서장이 어떻게 셈을 했는지 모르지만 두 번째 북 소리가 나자마자 경찰들이 곤봉을 휘두르며 달려들었다. 물론 나는 가만히 서서 얻어맞지는 않았다. 그러나 내 작은 발을 아무리 뻗고 달려도 소용 없었다. 그 중에 키가 큰 놈 하나가 나를 바짝 따라와 바로 뒤에 곤봉이 두서너 번 바람을 일으키는 듯하더니 마침내 머리를 된통 얻어맞았다. 정말로 심한 타격이었다. 눈에서 불꽃이 번쩍 일었다. 사람들이 얼굴에 상처를 입은 나를 업고 집에 데려다 주었다.

"내가 다시는 이런 일에 참가하지 않을 것 같으세요? 천만에!"

불쌍한 어머니가 얼굴에 물수건을 바꾸어 주실 때마다 나는 계속해서 이렇게 외쳤다.

"내 잘못이 아냐! 그 서장 녀석이 우리를 속인 거야! 두 번밖에 경고를 하지 않았어!"

마지막 책

"그가 결국 죽었대⋯⋯."

누군가가 층계에서 나에게 이렇게 속삭였다.

며칠 전부터 나는 이 슬픈 소식이 오리라는 것을 예상하고 있었다. 머지않아 이 문에서 부고를 받을 것을 짐작하고 있었던 것이다. 그러나 막상 그 소식을 듣자 전혀 예상치 못했던 일처럼 큰 충격을 받았다.

나는 슬픔에 젖어 입술을 떨며 이 문인의 검소한 집에 들어섰다. 그의 집에서는 서재가 가장 좋은 위치를 차지하고 있어서 창작이라는 엄숙함이 온 집 안의 편안함과 밝음을 독차지하고 있었다.

그는 낮은 철재 침대에 누워 있었다. 서류가 가득 쌓인 테이블, 페이지의 중간에서 끊어진 큼직한 그의 필체와 잉크병 속에 아직도 꽂혀 있는 펜으로 보아 그의 죽음이 갑자기 찾아온 듯했다. 침대 뒤에는 원고지라든가 종이 쪽지들이 가득 들어 있는 참나무 책장이 바로 그의 머리 위에서 반쯤 열려 있었다. 주위에는 온통 책뿐이었다.

선반 위에도, 의자 위에도, 책상 위에도, 마루 한구석에도, 침대 끝에도 온통 책이었다. 그가 책상에 앉아 집필을 하고 있을 때는 이 혼잡, 먼지가 일어나지 않는 책의 무질서함이 그를 즐겁게 해 주었을 것이다. 거기에서 생명과 일의 활기가 느껴졌다. 그러나 죽음의 방이 된 지금은 쓸쓸함만이 감돌았다. 쌓아 놓은 채로 방치되어 있는 주인 잃은 불쌍한 책들은 모두 경매에 붙여지거나 강변의 고서점과 노점에 흩어져서, 바람이나 산책하는 사람이 뒤적이는 그 많은 책 속에 곧 섞여들 것 같았다.

나는 침대에 누워 있는 그를 껴안았다. 그러고는 돌처럼 차갑고 무거운 이마에 입을 맞추었다. 등골이 써늘해지는 것을 느꼈다. 나는 곧 일어나 그를 바라보았다. 그때 갑자기 문이 열렸다. 숨을 헐떡거리며 책방 점원이 들어와서 금방 인쇄한 책 꾸러미를 테이블 위에 내려놓으며 외쳤다.

"바슈렝에서 보내 온 겁니다."

그런 다음 침대를 보고 뒷걸음질을 쳐서 모자를 벗고 조용히 물러갔다.

바슈렝 서점에서 보내 온 책을 보자 묘한 아이러니가 느껴졌다. 병자가 그다지도 초조하게 기다렸는데 한 달이나 늦게 오고 결국 죽어서 그것을 받게 된 것이다. 가엾은 친구! 그의 마지막 책, 그가 그토록 기대했던 책이다. 이미 열에 들떠 떨리는 손으로 얼마나 세심한 주의를 기울여 그 원고의 교열을 보았을 것인가! 견본 책 한 권을 갖기 위해 얼마나 서둘렀던가! 말을 할 수 없게 되었을 때에도 눈은 문을 응시했을 것이다. 그러니까 만일 인쇄공, 교정원, 제본공 등 단 한 사람이라도 불안과 기대에 찬 그의 눈을 볼 수 있었다면, 시간을 맞추려고 서둘렀을 것이다. 즉 하루

빨리 죽음의 문턱에 서 있는 그에게 새로운 책의 향기와 선명한 활자 속에 이미 그의 머리를 떠나 흐리멍덩하게 느껴지기 시작한 사상을 생생하게 소생시키는 기쁨을 주기 위해, 손은 빨리 움직이고 활자는 날쌔게 조판되고 제본되었을 것이다.

사실 작가는 언제나 자신의 새 책을 보면 흥분과 행복을 느낀다. 자기 작품의 첫 페이지를 펼친다. 온갖 노력을 기울인 작품은 이제 부조처럼 고정되어 머릿속에 맹렬히 끓어오르는 용솟음 속에서 혼란스러웠을 때의 모습이 아니다. 이것을 본다는 것은 얼마나 기분 좋은 일이냐! 아주 젊은 때라면 황홀할 것이다. 태양의 빛이 머릿속을 가득 채운 것처럼 활자가 청색과 노랑색으로 길게 뻗어 반짝반짝 빛난다. 좀더 나이가 들면 이 창작의 기쁨에 약간의 아쉬움이 섞이게 된다. 이를테면 말하고 싶은 것을 다 말하지 못한 아쉬움이 남는 것이다. 자기의 상상 속에 있는 작품이 자기가 실제로 만들어 낸 것보다도 아름답게 보이게 되는 시절이다. 깊은 꿈 속에서 보면 책의 사상은 표류하는 음영과 같이 바다를 스쳐가는 지중해의 아름다운 해파리와 같다. 그것들은 모래 위에 놓으면 한낱 약간의 물, 퇴색한 물방울에 지나지 않는다. 바람에 금세 말라 버린다.

아! 이러한 기쁨이나 환멸을 이 가엾은 친구는 마지막 책에서 얻지 못했다. 힘 없이 베개 위에 고개를 떨어뜨리고 잠든 그 얼굴, 그 곁에서 방금 나온 새 책을 본다는 것은 정말 가슴아픈 일이 아닐 수 없다. 이 책은 머지않아 서점의 진열장에 모습을 나타내어 거리의 소란과 생활 속으로 녹아들 것이다. 그리고 사람들은 책의 제목을 그저 기계적으로 읽고 저자의 이름과 함께 기억 속에 넣어 둘 것이다.

밝은 빛깔의 표지 위에 미소짓는 듯 씌어 있는 그 이름은 구청의 슬픈 장부 위에도 기록될 것이다. 땅에 묻혀 잊혀질 이 싸늘한 시체와 우리 눈앞에 영원히 살아 있을 불멸의 영원처럼 그에게서 빠져 나온 이 책과의 사이에는 영혼과 육체의 문제가 그대로 존재하고 있는 것처럼 느껴졌다.

"한 권 주신다고 약속하셨는데……."

누군가 탄식하듯 아주 낮게 중얼거렸다. 돌아다보니 나도 잘 아는, 금테 안경 밑에 사냥개처럼 번쩍이는 작은 눈이 있었다. 글을 쓰는 친구라면 누구나 알고 있는 사람, 책 광고가 나오면 집요하게 찾아오는 책 수집가였다. 허리를 굽히고 미소를 지으며 들어와서는 안절부절못하며 주위를 서성이는 작가에게 '선생님' 소리를 연발하며 신간을 얻지 않고는 가려 하지 않는다. 오직 신간만을 모은다! 다른 책은 그가 다 가졌고 신간만이 없기 때문이다. 그는 아주 적절한 때를 맞추어 찾아온다. 앞에서 말한 것과 같은 그 기쁨에 젖어 있을 때——가령 책을 부치거나 증정해야 할 일에 골몰하고 있을 때 그는 작가를 찾아온다. 아! 대답 없는 문도, 냉대도, 바람과 비도, 먼길도 그 어떤 것도 그를 단념시키지 못하는 집착으로 똘똘 뭉친 이 사나이. 어느 날 아침 퐁 가에서 파시 집의 문을 두드리고 있는 그의 모습을 보았는가 하면 저녁때는 또 새로운 작가의 신작 희곡을 들고 말리에서 돌아온다. 이렇게 언제나 뛰어다니며 구걸을 해서 돈을 들이지 않고 서재를 채운다. 이처럼 죽음의 침대에까지 달려올 정도니까, 이 사나이의 서적에 대한 정열은 그 누구도 따를 자가 없다.

"자, 당신 몫이오."

나는 신경질적으로 말했다. 그는 책을 받는다기보다 꿀꺽 삼켜

버리는 듯한 태도였다. 그리고 일단 그 책을 주머니에 깊숙이 넣
자 속이 트인 듯 안경을 닦으며 말없이 고개를 늘어뜨리고 가만
히 있었다. 대체 뭘 기다리는 것일까? 무엇이 그를 붙들고 있는
것일까? 조금은 미안한 마음이라도 있는 걸까. 오로지 책을 받기
위해서 온 것 같은 그 속셈을 들킨 것이 부끄러운 걸까.

그런데 그게 아니었다! 테이블 위 반쯤 찢어진 포장지 속의
몇 권의 특제본을 본 것이다. 그것은 앞면에 여백이 많고 꽃무늬
의 삽화가 들어 있는 양장본 책이었다. 나는 시나브로 슬픔에서
벗어나 가슴 아픈 한 토막의 희극을 눈물겹게 바라보고 있었다.
조용히 눈에 띄지 않는 동작으로 이 서적광은 테이블 가까이로
다가갔다. 점점 그의 작은 눈은 빛나고 볼은 벌겋게 상기되었다.
책의 마력이 그를 유혹한 것이다. 마침내 참을 수 없다는 듯 그
는 한 권을 꺼내 들었다.

"생트 베브 씨에게 전해 드리겠습니다."

나에게 작은 소리로 말하고 열망과 당혹과 도로 빼앗길 것이
두려워서, 그리고 정말로 생트 베브 씨에게 갖다 준다는 것을 믿
게 하려는 듯이 아주 엄숙하고 비통한 어조로 덧붙였다.

"아카데미 프랑세스의 그분에게……"

그러고는 총총히 사라졌다.

당 구

이틀 동안 전투를 계속한데다가 어젯밤에는 배낭을 짊어진 채 억수처럼 쏟아지는 비를 맞으며 지샜기 때문에 병사들은 지칠대로 지쳐 있었다. 게다가 3시간 전부터 그들은 도로가나 뜰의 진흙탕 속에 총을 내려놓고 앉아 얼어들고 있었다.

피로에 찌들고 며칠을 뜬눈으로 새웠으며 흠뻑 젖은 군복을 입은 그들은 몸을 지탱하기 위해 서로 기댄 채 달라붙어 있었다. 옆에 있는 병사의 배낭에 기대어 선 채로 잠든 병사도 있었다. 잠을 이기지 못해 긴장이 풀린 얼굴에는 피로와 궁핍이 더욱 뚜렷이 나타나 있었다. 비와 진흙, 불도 없고 먹을 것도 없다. 하늘은 낮고 어두우며 적은 사방에 매복하고 있는 것 같다. 음산한 분위기이다. 대체 뭘 하고 있는 것일까? 무슨 일이 있는 것일까?

포구(砲口)를 숲으로 향한 대포는 무엇인가를 노리고 있는 것 같다. 숨겨진 기관총은 지평선을 똑바로 겨냥하고 있다. 공격 준비는 완료되었다. 그런데 왜 공격하지 않는 것일까? 대체 무얼 기다리는 것일까?

사령부에서 아직 명령을 보내 오지 않았다. 그렇다고 사령부는 멀리 떨어져 있는 것도 아니다. 붉은 기와가 비에 씻기어 산허리의 숲 속에서 빛나고 있는 저 아름다운 루이 13세풍의 성이 사령부인 것이다.

프랑스의 원수 깃발을 게양해도 손색이 없을 정도로 웅장한 왕후의 거성이었다. 깊은 구렁과 돌 축대로 둘러싸여 길과 떨어져 있으며, 난간 뒤에는 잔디가 똑바로 층계까지 뻗어 있다. 잔디는 고르고 푸르며 화분이 그 언저리를 줄지어 감싸고 있다. 집의 안쪽에는 소사나무 사이로 빛이 아롱거리고 거울처럼 맑은 연못에서 백조가 헤엄치고 있다. 커다란 새장의 둥근 지붕 아래에는 공작과 꿩이 날카로운 울음소리를 내며 날개를 파닥거리거나 꼬리를 부채처럼 펴고 있다. 인적은 없지만 버려진 빈 집 같지도 않다. 전시의 휴식처라고나 할까. 사령관의 깃발이 잔디 위의 풀꽃까지도 지켜 보고 있다. 줄 맞춰 심어 놓은 나무들, 가로수 길의 깊은 적막 등 모든 것이 질서를 이루고 있다. 이러한 질서에서 우러나는 그지없는 적막을 싸움터 바로 옆에서 느낀다는 것은 진한 감동이 아닐 수 없다.

저 아래쪽에서는 길을 진흙밭으로 만들고 깊은 수레바퀴 자국을 남기게 하는 비도 성 안에서는 벽돌의 붉은빛을 더욱 선명하게 하고, 잔디의 푸르름을 더하게 하며, 오렌지 잎사귀에 반짝반짝 윤기가 돌게 하고, 백조의 흰 깃털을 생기 있게 하는 마술의 빗방울이 된다. 모든 것이 빛나고 조용하기만 하다. 지붕 위로 나부끼는 깃발과 철책 앞에 보초를 선 두 병사가 없다면 누구도 이곳에 사령부가 있다고 생각하지는 않을 것이다. 말은 마구간에서 쉬고 있다. 당번 사병이나 부엌 근처를 왔다갔다하는 작업복 차림의 연락병, 또는 뜰의 모래를 쇠스랑으로 조용히 고르고 다니는 빨간 바지의 정원사를 여기저기서 볼 수 있을 뿐이었다. 층계 쪽으로 나 있는 창을 통해 어지러운 식탁과 마개가 열린 술병과 뽀얀 빈 컵이 보인다. 아마 식사가 끝나고 손님들이 떠난 모양이다. 옆방에서는 커다란 말소리, 웃음소리, 당구공 굴러가는 소리, 컵을 부딪치는 소리가 요란하게 들려 온다.

장군께서는 지금 게임을 하고 계시다. 그래서 군대는 명령을 기다리고 있는 것이다. 장군이 당구를 시작하면 하늘이 무너질지라도 승부가 판가름날 때까지는 이 세상 누구도 이 게임을 방해하지 못한다.

당구!

이것이 이 위대한 군인의 결점이다. 그는 싸움터에서처럼 진지하다. 정장을 하고 가슴에는 온갖 훈장을 달았으며, 눈은 빛나고 뺨은 상기되어 있다. 식사와 게임과 그로그 술로 흥분한 것이다. 참모들은 장군을 둘러싸고 그가 한번 칠 때마다 감탄을 한다. 장군이 한 점을 얻으면 모두 다투어 기록하려고 하고, 장군이 목이 마르다고 하면 앞다투어 그로그 술을 준비한다. 견장과 깃털 장식이 하늘거리고 훈장과 장식이 맞부딪쳐 경쾌한 소리를 낸다. 정원을 향한 떡갈나무 벽의, 이 천장이 높은 살롱에서 자수를 가득히 놓은 새 군복을 입은 아첨꾼들의 상냥한 미소와 필요 이상의 예의를 보고 있으면 콩피에뉴의 가을이 떠오른다. 그리고 저편 얼어붙은 길을 따라 비를 맞으며 음산하게 무리를 이루고 있는 비참한 모습의 병사들은 잠시 잊을 수도 있다.

장군의 상대는 참모부의 키가 작은 대위로서 허리에 가죽띠를 매고 고수머리에 밝은 빛깔의 장갑을 끼고 있다. 당구로는 온 세계의 장군들을 이길 수 있는 실력이지만, 존경하는 장군에게는 어떻게 해야 하는지 잘 안다. 이기지 않도록, 그러나 너무 쉽게 지지 않도록 게임을 이끄는 것이다. 이른 바 장래가 유망한 사관이 될 자질을 가진 군인이다.

'조심하게, 젊은이. 제대로 해야지. 장군은 15점이고 자넨 10점이야. 끝까지 게임을 이렇게 끌고 가야 해. 그러면 자넨 장식끈의 금빛을 퇴색케 하고, 아름다운 제복을 더럽히고, 지평선도 삼켜버릴 것 같은 억수로 퍼붓는 비를 맞으며 명령을 기다리는 다른 병사들같이 밖에 있는 것보다는 진급이 더 빠를걸세.'

당구는 매우 흥미로운 게임이다. 판판한 천 위로 공이 구른다. 가볍게 스쳐가며 빛깔이 뒤섞인다. 쿠션에 맞으면 잘 퉁겨나온다. 갑자기 대포의 포구가 공중에서 불을 뿜는다. 그때 둔한 소리가 유리창을 흔들리게 한다. 모두들 몸을 부르르 떨고 불안스럽게 서로 쳐다본다. 그러나 장군만은 미동도 하지 않았다. 당구대에 엎드려 근사하게 공을 끌어 낼 궁리에만 몰두해 있다. 끄는 것은 그가 제일 자신 있게 할 수 있는 기술이다.

그때 연거푸 섬광이 번쩍했다. 대포가 연달아 조급하게 터졌다. 참모들이 창가로 달려갔다. 프러시아 병사들이 공격해 온 것인가?

"공격할 테면 얼마든지 하라고 해!"

장군은 초크를 칠하며 말한다.

"대위, 자네 차례야."

참모는 감탄해서 몸을 떨었다. 공격의 순간에 당구공 앞에서 이처럼 침착한 장군에 비한다면, 대포 위에서 잠을 잤다는 전략가 튀렌은 아무것도 아니다. 이러는 사이에 대포 소리는 더욱 소란해졌다. 대포 소리에 기관총의 찢어지는 듯한 소리와 소총 소리가 뒤섞여 들려 왔다. 빨갛고 검은 연기가 잔디 저편에 피어 올랐다. 정원 안쪽이 불타고 있었다. 공작과 황금빛 꿩이 새장에서 놀라 푸드득거렸다. 아라비아 말은 화약 냄새를 맡고 마구간에서 뒷발을 디디고 서서 날뛰었다. 사령부는 동요하기 시작했다. 급보가 연이어 들어오고, 장군을 만나기 위해 기병 전령이 말을 몰아 도착했다.

그러나 아무도 장군을 만날 수 없다. 승부가 끝날 때까지는 무슨 일이 있어도 까딱하지 않을 것이다.

"대위, 자네 차례야."

그러나 대위는 당황했다. 바로 젊음의 탓이라고 할까. 그는 혼란스러운 가운데 점수를 따서 거의 이길 뻔했다. 장군이 화를 냈다. 노여움이 그의 얼굴에 드러났다. 마침 이때 쏜살같이 달려온 말이 정원으로 뛰어들었다. 진흙투성이의 참모가 보초의 저지에도 불구하고 단숨에 현관 층계를 올라섰다.

"장군님! 장군님!"

하지만 장군이 어떻게 참모를 맞았는지는 기가 막힐 지경이었다. 장군은 화가 치밀어서 수탉처럼 빨개져 창가에 나타났다.

"무슨 일이야? 이런, 이건 또 뭐야? 보초는 다 어디로 갔나?"

"하지만 장군……."

"좋아. 곧 명령을 내릴 테니 기다려! 빌어먹을."

그러고는 창은 덜컥 닫혔다.

불쌍한 병사들은 그대로 있었다. 바람은 그들에게 빗발을 몰아치고 유탄은 얼굴 가득히 퍼부었다. 한 대대가 총을 들고도 가만히 있어야 하는 이유를 모른 채 멍하고 있는 사이, 다른 대대는 다 짓밟히고 말았다. 어쩔 수 없다. 명령을 기다려야 한다. 그러나 죽는 데엔 명령이 필요 없으므로 수백 명의 병사들은 덤불 뒤나 도랑 속, 조용한 이 성 앞에서 쓰러졌다. 쓰러진 뒤에도 총탄은 그들을 찢고, 갈라진 상처에서는 프랑스의 용감한 피가 소리없이 흘렀다.

저 위 당구대가 있는 성에서도 싸움은 치열했다. 장군이 다시 우세해졌다. 그러나 키 작은 대위는 사자처럼 방어하고 있었다.

71…… 81…… 91……

겨우 점수를 적을 뿐이었다. 총성은 점점 가까이 다가왔다. 장군은 이제 한 점만 더 얻으면 된다. 포탄이 정원으로 떨어지고 분수 위에서 포탄이 하나 터졌다. 거울이 깨졌다. 백조가 겁을 집어먹고 피에 젖은 날개를 펄떡거리며 헤엄쳤다. 마지막으로 한 번만 치면 된다.

이제 모든 것이 조용해졌다. 다만 소사나무 위로 쏟아지는 빗소리와 언덕 밑으로 무언가 움직이는 소리. 그리고 진흙탕 길 위로 가축의 무리가 걸어가듯 서둘러 가는 소리……. 군대는 패주중이었다. 그러나 장군은 이겼다.

고셰 수도사의 불로장생주

"자, 한번 마셔 보세요. 깜짝 놀라실 겁니다."

그라보송 신부는 마치 진주를 세는 보석 상인처럼 향기가 그 윽한 초록빛 액체를 한 방울 한 방울 주의를 기울여 나에게 따라 주었다. 잔 속으로 흘러들어온 그 액체는 황홀한 황금빛으로 빛났다. 그것을 마시자 내 위가 기분 좋게 따뜻해지는 것을 느낄 수 있었다.

"고셰 수도사의 불로장생주랍니다. 이 프로방스 지방이 자랑하는 건강의 비결이죠."

친절한 신부는 자랑스럽다는 듯이 말했다.

"당신의 풍차 방앗간에서 20리쯤 떨어진 프레몽트레 수도원에서 만들고 있지요. 이 세상의 어떤 좋은 술도 이보다는 못할 겁니다. 게다가 이 술에 얽힌 이야기가 아주 재미있습니다. 한번 들어 보시겠습니까?"

벽에는 십자가에 매달린 그리스도의 작은 고상이 걸려 있었고, 창문에는 풀을 먹여 빳빳하고 정결한 흰색 커튼이 드리워져 있었다. 사제관 안에는 무척 소박하고 조용한 식당이 있었다. 그곳에서 신부는 아주 솔직하고 악의 없게, 그러나 약간은 불미스러운 이야기를 시작했다.

20년 전, 프로방스 지방에는 '백의의 수도사'라 불리는 프레몽트레의 수도사들이 있었다. 그 당시 그들은 무척 가난했다. 만일 당신이 그때 그 수도원을 보았다면 매우 가슴이 아팠을 것이다.

수도원 주변에는 잡초만 무성했고, 커다란 벽과 종탑은 모두 허물어져 가고 있었다. 벽장에 모셔 놓은 성인들의 석상은 모두 부서졌으며, 작은 기둥들은 갈라져 있었다. 문짝도 성한 게 없어서 론 강에서 불어 오는 바람으로 성당의 촛불이 꺼지고, 유리창의 납 장식들은 부서졌고, 성수반의 물은 쏟아져 내렸다.

그런데 가장 가슴아픈 것은 텅 빈 비둘기집처럼 쓸쓸한 종루였다. 수도사들은 종을 마련할 돈이 없어서, 아침 기도 시간을 알리려면 은행나무로 만든 딱딱이를 사용할 수밖에 없었다.

가엾은 백의의 수도사들! 수박과 시트르만 먹어서 창백하게 여윈 모습과 남루한 외투를 걸치고 줄을 지어 걸어가던 성체절의 행렬이 지금도 눈에 선하다. 행렬의 맨 뒤에 수도원 원장이 있었다. 그는 금칠이 벗겨져 초라한 홀장과 빛바랜 누런 양털 모자를 드러내기가 부끄러워서 고개를 푹 숙이고 걸었다. 줄지어 늘어선 여자 신자들은 그 모습을 보고 마음이 아파 눈물을 흘렸다. 그런데 뚱뚱한 기수들은 가엾은 수도사들에게 손가락질을 하며 수군댔다.

"저렇게 몰려다니면 배가 더 고프게 마련인데……."

사실 이 불쌍한 수도사들은 각자 흩어져 먹고 살 길을 찾는 것이 더 현명하지 않을까 생각하게 되었다.

　　어느 날 그들은 중대한 이 문제를 놓고 한자리에 모였다. 그때 고세 수도사가 갑자기 회의장으로 뛰어들어와 자기 의견을 말하고 싶다고 했다.

　　고세 수도사는 수도원에서 소에게 먹이를 주는 일을 하고 있었다. 그는 비쩍 마른 젖소 두 마리를 몰고, 돌 틈에서 자라나는 풀을 찾아 매일 수도원 곳곳을 돌아다녔다. 가엾은 그는 12세 때까지 '베공 아주머니'라는 미친 할머니 손에 자랐고, 그 후에는 수도사들에게 맡겨졌다. 그래서 그가 할 줄 아는 일이라곤 주기도문을 암송하고 가축을 기르는 것 외에는 아무것도 없었다. 그리고 머리도 좀 둔한 편이었다. 그는 가끔 공상에 빠지기도 했지만 규율을 엄격히 지키며 일을 열심히 하는 열렬한 수도사였다.

　　순진하고 약간 모자란 그는 회의장에 들어서서는 한발을 뒤로 빼고 무릎을 굽혀서 다른 수도사들에게 공손히 인사를 했다. 그 모습을 보고 모두들 비웃었다. 약간 멍청해 보이는 눈과 염소 수염, 희끗희끗한 머리를 가진 그가 나타나기만 하면 어디에서나 그렇게 웃음바다가 되기 때문에, 고세 수도사는 별로 당황한 빛은 보이지 않았다.

　　그는 올리브 열매로 만든 묵주를 만지작거리며 말했다.

　　"여러분은 속이 텅 빈 통일수록 소리가 잘 난다는 것을 알고 계실 겁니다. 그것은 백 번 옳은 말입니다. 제 텅 빈 머리 속에 우리를 괴롭히고 있는 가난을 쫓아 낼 방법이 있습니다. 어렸을 때 저를 길러 준 베공 아주머니를 여러분도 기억하실 겁니다. 주님, 늘 술을 마시고 상스러운 노래를 불렀던 저 불쌍한 아주머니의 영혼을 보살펴 주소서. 베공 아주머니는 코르시카 섬의 티티새보다도 약초에 대해 많이 아셨지요. 아주머니는 임종 직전에

저와 함께 알퍼유 산에서 캐 온 약초를 여러 가지 섞어서 불로장
생주를 만들었지요. 이미 많은 세월이 흘렀지만, 성 아우구스티누
스의 도움과 원장님의 허락만 있다면 불가사의한 불로장생주 만
드는 법을 연구해 낼 수 있을 것 같습니다. 불로장생주를 만들어
좀 비싸게 팔면 큰돈을 벌 수 있을……”

고셰 수도사는 이야기를 끝까지 할 수가 없었다. 원장이 자리
에서 벌떡 일어나 그의 목을 끌어안았기 때문이다. 수도원 살림
을 맡아 하는 수도사는 너무나 감격한 나머지 누더기 같은 고셰
수도사의 옷깃에 입을 맞추었다. 다른 수도사들도 모두 일어나
그의 손을 잡았다.

그러고는 모두 다시 제자리에 앉아 회의를 계속했다. 회의 결
과 고셰 수도사는 불로장생주 만드는 일에 온 힘을 기울여야 하
므로 젖소를 돌보는 일은 다른 수도사에게 맡기기로 했다.

선량한 고셰 수도사가 베공 아주머니의 불로장생주 만드는 법
을 어떻게 알아 냈는지, 그것을 알아 내려고 얼마나 많은 밤을
새우며 노력했는지에 대해서는 전해지는 이야기가 없다.

어쨌든 6개월 뒤에 백의의 수도사들이 만든 불로장생주가 세
상에 널리 알려졌다.

그 덕분에 종탑을 다시 세우고, 원장은 새 모자를 사고, 창문엔
화려한 색유리가 끼워졌다. 그리고 부활절 아침을 맞아 잘 손질
된 종루에서는 크고 작은 종들이 한꺼번에 아름답게 울렸다.

어리숙한 얼굴과 태도 때문에 회의장을 웃음바다로 만들었던
고셰 수도사가 이제는 수도원에서 ‘가장 아는 것 많고 영리한 고
셰 수도사’로 불렸다. 그는 수도원의 허드렛일은 전혀 하지 않고,
하루 종일 주조장 안에서 불로장생주 만드는 일만 했다.

30명이 넘는 수도사들이 술 빚는 데 쓰는 약초를 찾으려고 산 속을 헤매고 다녔다.

전에는 성당으로 쓰였던 정원 끝의 낡은 건물을 주조장으로 사용하였는데, 그곳에는 원장조차도 들어갈 수 없었다. 순진한 수도사들은 이 주조장에 신비하고 무시무시한 것이 있다고 생각했다. 가끔 호기심 많고 용기 있는 어린 수도사들이 담장을 타고 창문까지 올라갔지만, 화로 위에 몸을 굽히고 있는 고세 수도사의 얼굴을 보고 기겁을 해서 달아났다.

고세 수도사는 마술사처럼 이상하게 수염을 기르고, 손에 거울을 들고 있었다. 그의 주변에는 빨간 돌로 만든 목이 구부러진 병과 커다란 증류관, 수정으로 만든 뱀 모양의 대롱 같은 것들이 흩어져 있고, 유리창을 통해 비치는 빛은 신비하게 타오르는 것 같았다.

해질 무렵이 되어 저녁 종이 울리면, 고세 수도사는 저녁 미사를 보려고 그 신비한 주조장 문을 조용히 열고 나와 성당으로 향했다. 그가 수도원 앞을 지날 때 환영을 받는 광경은 정말 볼 만했다.

수도사들이 그가 지나가는 길가에 죽 늘어서서 맞이하였다.

"이분이 불로장생주 만드는 비법을 알고 있는 분이시다."

수도원 살림을 맡아 하는 수도사가 그의 뒤를 졸졸 따라다니며 조용히 속삭였다. 고세 수도사는 이처럼 아첨하는 사람들 사이를 으젓하게 걸었다. 새로 오렌지나무를 심은 넓은 정원, 새로 만든 바람개비가 돌고 있는 파란 지붕, 꽃으로 아름답게 꾸며진 뜰, 둘씩 짝지어 평화로운 모습으로 걸어가는 말쑥한 옷차림을 한 수도사들을 그는 만족스러운 표정으로 둘러보았다.

‘모든 것이 내 덕분이지!’

고세 수도사는 그렇게 생각했다.

그러는 사이 그는 점점 우쭐하는 마음이 커졌다. 가엾게도 고세 수도사는 그 못된 마음 때문에 벌을 받게 되었다.

어느 날 저녁, 미사가 한창 진행되고 있을 때 몹시 흥분한 고세 수도사가 헐레벌떡 성당으로 뛰어들어왔다. 얼굴은 벌겋고 모자는 비뚤어져 옷차림이 단정하지 않았으며 소매는 성수로 온통 젖어 있었다.

사람들은 고세 수도사가 미사에 늦어 당황해서 그런 줄 알았는데 그게 아니었다. 고세 수도사는 제단에 절을 하는 것이 아니라 풍금을 향해 절을 하더니, 바로 코앞에 있는 자기 자리도 찾지 못하고 서성대다가 간신히 자리를 찾아 앉았다. 그리곤 바보처럼 웃으며 몸을 좌우로 흔들었다.

모두들 놀라 여기저기에서 수군거렸다. 그 소란은 점점 커져 누군가 진정시켜야만 할 정도였다.

“고세 수도사가 왜 저러시지?”

“무슨 일일까?”

원장이 조용히 하라고 이르며 두 번이나 지팡이로 돌바닥을 두드렸다.

그때 갑자기 고세 수도사가 뒤로 벌렁 넘어지더니, 큰 소리로 노래를 부르기 시작했다.

수도사들은 너무 놀라 얼굴빛이 파랗게 질린 채 자리에서 일어났고, 누군가 소리쳤다.

“끌어 내! 악마에 씌었어!”

성당 안은 갑자기 벌어진 일로 발칵 뒤집혔다. 어떤 수도사들은 어쩔 줄 모르고 성호만 긋고, 원장은 계속 지팡이를 흔들었다. 그러나 고셰 수도사에게는 아무것도 안 보이고 아무것도 들리지 않는 듯했다.

힘센 수도사 두 명이 그를 문 쪽으로 끌고 갔다. 그는 악마에 씌인 사람처럼 몸을 비틀며 더 큰 소리로 노래를 불렀다.

다음 날 새벽, 정신을 차린 고셰 수도사는 원장 앞에 무릎을 꿇고 눈물을 펑펑 흘리며 잘못을 고했다.

"원장님, 그 불로장생주 때문입니다. 그 술이 저를 이 지경으로 만들었어요."

원장은 그가 그처럼 진실되게 뉘우치는 것을 보고 감동했다.

"자, 고셰 수도사. 그만 눈물을 그쳐요. 어제의 일은 해가 뜨면 이슬처럼 사라져 버릴 거요. 당신이 생각하는 만큼 그렇게 큰 잘못은 아니오. 노래가 좀 심하긴 했지만, 신앙심이 깊지 못한 예비 수도사들의 귀에만 들어가지 않았으면 괜찮을 거요. 그런데 대체 왜 그런 일이 생겼는지 말해 주겠소? 술 맛을 보다가 그렇게 되었나요? 화약을 발명한 슈바르츠 신부처럼 당신도 틀림없이 당신의 발명품 때문에 피해를 입은 것이지요? 그런데 왜 그 무시무시한 술을 당신이 직접 맛보아야 합니까?"

"다른 방법이 없습니다. 알코올의 도수와 배합량은 시험관으로 맞출 수 있지만, 제대로 술 맛을 내려면 제 혀로 반드시 맛을 보아야 합니다."

"아, 그렇군요. 그런데 술 맛을 볼 때, 그 맛이 좋습니까? 술을 마시면 기분이 날아갈 듯이 좋아지나요?"

"네, 그렇습니다."

가엾은 고셰 수도사는 얼굴이 새빨개져서 대답했다.

"지난 이틀 밤 동안 그 맛과 향기는 최고였습니다. 틀림없이 악마가 저에게 손을 뻗친 것입니다. 그래서 앞으로 저는 제 혀로 절대 술 맛을 보지 않겠어요. 술 맛이 좋지 않아도, 진주 같은 거 품이 생기지 않아도 어쩔 수 없습니다."

그러자 원장이 당황해서 고셰 수도사의 말을 막았다.

"잠깐, 그건 그렇게 간단하지가 않아요. 술을 사려고 하는 손님 의 기분을 상하게 해서야 되겠소? 실수를 한 번 했으니, 다시는 똑같은 실수를 하지 않을 거요. 술을 얼마나 마시면 맛을 알 수 있지요? 열다섯 방울 정도인가요, 아니면 스무 방울? 그래요, 앞 으로 스무 방울로 합시다. 스무 방울 정도의 술이라면 악마도 당 신을 사로잡을 수 없을 거요. 그리고 실수를 미리 방지하기 위해 서, 앞으로는 성당에 나오지 않아도 좋소. 저녁 기도는 주조장에 서 하시오. 자, 이제 걱정하지 말아요. 특히 앞으로는 술 방울을 잘 세어 맛을 보도록 하고."

그런데 원장의 당부에도 불구하고 가엾은 고셰 수도사는 술 방울을 아무리 잘 세려고 해도 소용 없었다. 악마가 그를 붙잡고 끝까지 놓아 주질 않았다.

주조장에서는 저녁이 되면 괴상한 기도 소리가 흘러 나왔다.

낮에는 아무 일도 일어나지 않았다. 왜냐하면 낮에는 화로와 증류관을 잘 준비해 놓고, 질 좋은 약초들을 정성껏 골라 놓아야 했으니까.

그런데 저녁이 되면 약초가 달여지고, 붉은 구리 솥에서 술이 따뜻해지기 시작하면, 고셰 수도사의 고통이 시작되었다.

"……열일곱, 열여덟, 열아홉, 스물!"

술이 한 방울 한 방울 잔 속으로 떨어지면 신부는 잔 속에 담긴 스무 방울의 술을 단숨에 마셔 버렸다.

한 방울만 더 마시고 싶다는 소망이 그의 가슴에서 메아리쳤다.

아, 그 스물한 번째의 술 방울!

고셰 수도사는 유혹에서 벗어나려고 주조장 한쪽 구석으로 가서 무릎을 꿇고 간절히 기도를 드렸다. 따뜻한 술에서 풍겨나는 향긋한 증기가 기도하는 그의 코끝에서 떠돌았다. 결국 그는 유혹을 못 이기고 솥 있는 쪽으로 달려가고 말았다.

액체는 황금빛이 감도는 아름다운 녹색이었다. 고셰 수도사는 액체 위에 몸을 굽히고, 코를 벌름거리며 유리 막대로 액체를 저었다. 투명하게 빛나는 에메랄드 빛 액체 속에서 자기를 보고 웃고 있는 베공 아주머니의 얼굴이 보이는 것 같았다.

'자, 아무도 보는 사람이 없으니, 한 방울 더 마시렴.'

한 방울, 두 방울, 세 방울……, 가엾은 그는 술잔에 술을 가득히 붓고 말았다. 술을 잔뜩 마신 그는 어지러워서 의자에 털썩 주저앉았다. 눈을 지그시 감고 잘못을 뉘우쳤다. 그러나 기분은 상당히 좋았다.

"아, 나는 지옥에 떨어지고 말 거야. 반드시 지옥으로 떨어질 거야."

그런데 그 술 속에 어떤 마법의 힘이 숨어 있는 건지 죽은 베공 아주머니가 자주 부르던 상스러운 노래들을 모두 생각나게 했다.

그는 밤새도록 베공 아주머니가 부르던 노래를 불렀다.

다음 날 옆 방의 수도사들의 짓궂게 물었다.

"이 봐요, 고셰 수도사. 지난 밤에 자네 머릿속에 매미 떼라도 들어갔었나?”

그는 부끄러워서 아무 대꾸도 하지 못했다.

고셰 수도사는 자기 자신을 책망하며 눈물을 흘리고, 식사도 거르며 기도했다. 고행할 때 입는 옷을 입고 규율을 엄격하게 지켰다. 그러나 모든 것이 허사였다. 그는 매일 밤 같은 시간만 되면 또 악마의 포로가 되었다. 도저히 악마를 이길 수가 없었다.

그러는 동안에도 술 주문은 계속 늘었다. 마르세유에서, 님에서, 아비뇽에서, 엑스에서……. 수도원은 이제 마치 술 공장처럼 변해 버렸다. 술병에 상표를 붙이는 수도사, 장부책을 정리하는 수도사, 술을 운반하는 수도사들이 생겼다.

게다가 수도사들이 술 만드는 일에 매달리다 보니 미사를 게을리하게 되어 결국 성당의 종 소리조차 들리지 않는 날이 많아졌다.

그러나 이곳의 가난한 신자들이 그것 때문에 피해를 입은 것은 조금도 없었다.

그런데 어느 일요일 아침, 살림을 맡아 하는 수도사가 모두 모인 자리에서 일 년 동안의 총결산서를 낭독하고 있을 때—— 선량한 수도사들이 속으로 셈을 하며 입가에 미소를 띠고 있을 때—— 고셰 수도사가 뛰어들어와 고함을 쳤다.

“그만두겠어요! 더 이상은 못 견디겠어요! 내 젖소들을 돌려주세요!”

“고셰 수도사, 왜 그러시오?”

원장이 사태를 어느 정도 짐작하고 물었다.

“원장님, 왜 그러느냐고요? 저는 지금 지옥의 시뻘건 불 속에 떨어져 벌받을 짓을 하고 있습니다. 매일 밤 주정뱅이처럼 술을 마신단 말이에요!"

"아니, 내가 지난 번에 술 방울 수를 세라고 하지 않았소?"

"시키신 대로 했습니다. 물론 한 방울 한 방울 세었지요. 하지만 이제 한 잔 한 잔 세어 마셔야 할 만큼 제 자신을 주체할 수 없게 되어 버렸어요. 정말이에요, 원장님. 저녁마다 세 병은 마셔야 진정이 됩니다. 언제까지 이렇게 해야 합니까? 누구든 다른 사람에게 술을 만들도록 해 주세요. 이 일을 계속하느니 차라리 죽어 버리겠어요."

더 이상 웃는 사람이 없었다. 수도원의 살림을 맡은 수도사가 큰 장부를 흔들며 고셰 수도사에게 말했다.

"이제 와서 그런 소리를 하면 어쩌자는 거요? 당신은 이 수도원을 망쳐 놓을 작정이오?"

고셰 수도사가 대답했다.

"당신은 내가 정말 지옥에 떨어졌으면 좋겠소?"

그때 원장이 자리에서 벌떡 일어났다.

"좋은 방법이 있습니다, 여러분. 고셰 수도사, 매일 당신을 괴롭히는 시간이 저녁이지요?"

"네, 맞아요. 그래서 저녁때가 되면 손이 떨리고 진땀이 납니다."

"그렇다면 이젠 안심하시오. 내일부터 매일 저녁 기도 시간에 당신을 위해 우리가 성 아우구스티누스의 기도문을 낭독하겠소. 그러면 당신은 무슨 일을 해도 괜찮을 거요. 그것은 죄를 지을 때 그 죄를 용서해 달라고 비는 것이니까 말이오."

"아, 맞아요! 원장님, 정말 감사합니다!"

고셰 수도사는 뛸 듯이 기뻐하며 용서받은 아이처럼 신나게 주조장으로 돌아갔다.

그런 일이 있은 다음부터 원장은 날마다 저녁 기도가 끝날 무렵이면 이렇게 말했다.

"우리 수도원을 위해 자신의 영혼을 희생하고 있는 가련한 고세 수도사를 위해 기도합시다."

무릎을 꿇고 기도하는 수도사들의 목소리가 수도원 안에 잔잔하게 울려 퍼질 때, 주조장의 불 켜진 창문 너머로 고세 수도사의 고함치는 듯한 노랫소리가 들려왔다.

여기까지 이야기를 마친 그라브송 신부는 두렵다는 듯이 진저리를 치더니 이야기를 중단했다. 그리고 이렇게 중얼거렸다.

"교구의 신자들이 만약 고세 수도사의 이야기를 알면 큰일인데……"

알 튈

  몇 년 전 나는 샹젤리제의 두즈메종 골목에 있는 단칸방에 살고 있었다. 너무 조용하고 한적해서 마차 외엔 지나가는 사람이 없을 것으로 느껴지는 이 귀족적인 큰거리에 둘러싸여 얼른 눈에 띄지 않는 변두리의 후미진 곳을 상상하면 쉽게 이해 될 것이다.

  어떤 땅 임자의 변덕이거나 아니면 구두쇠 늙은이의 엉뚱한 생각에서인지는 모르지만 이 아름다운 거리 복판에 공터와 이끼 낀 마당, 낮은 집들이 그대로 방치되어 있었다. 제멋대로 세워진 건물 밖으로 층계가 나 있으며 나무로 된 테라스에는 빨래가 가득 널려 있고, 토끼집과 여윈 고양이와 길든 까마귀가 함께 살고 있었다.

  그곳에는 노동자의 가족이나 아주 적은 연금으로 사는 사람들, 또한 몇몇의 예술가들이 살고 있으며 —— 판자집이 있는 곳에는 언제나 이런 부류의 사람이 있게 마련이다 —— 또한 몇 대에 걸친 빈곤이 배어 있는 우중충한 두서너 개의 가구까지 빌려 주는 셋방이 있었다. 그 주위를 샹젤리제의 화려함과 소란함이 둘러싸고 있었다. 끊임없이 들리는 말발굽 소리, 마차끼리 부딪치는 소리, 무거운 쇳소리를 내는 대문 닫히는 소리, 현관 앞에서 요란하게 멈춰 서는 사륜 마차 소리, 어렴풋이 들려 오는 피아노 소리, 마비유(파리에서 가장 화려했던 무도장)의 바이올린 소리, 웅장하게 늘어선 대저택……. 그 저택들의 귀퉁이는 둥글게 되어 있고 유리창엔 밝은 빛깔의 실크 커튼이 드리워졌으며 커튼 사이로 언뜻언뜻 보이는 거울에는 금박 촛대와 온갖 진기한 꽃들이 꽂힌 꽃병이 비쳐 보였다.

길 끝쪽의 단 한 개의 가로등으로 여러 채의 집을 희미하게 비치는 뒷골목의 어두운 길은 주위의 아름다운 무대 장치 뒤의 분장실과 같은 곳이라 할 수 있다. 화려함을 더욱 돋보이게 하는 모든 것이 숨겨져 있는 셈이었다.

남루한 옷의 장식들, 광대의 속옷, 영국인 마부, 서커스의 곡예사 같은 하루벌이 사람들, 쌍둥이 말과 광고판을 끌고 다니는 곡마단의 두 어린 마부, 산양이 끄는 수레, 인형극, 떡 파는 여자, 그리고 저녁때가 되면 접는 의자와 아코디언과 다 찌그러진 깡통을 가지고 돌아오는 장님의 무리. 내가 이 골목에 살고 있을 때 장님 중의 한 사람이 결혼을 했다. 덕택에 우리는 밤새 클라리넷과 오보에와 오르간, 아코디언의 환상적인 연주를 들을 수 있었다. 그것은 저마다 독특한 단조로운 음악을 연주하는 파리의 다리 위에 있는 거리 악사들의 행렬과 비슷했다.

그러나 여느 때의 이 골목은 퍽 조용하다. 거리의 부랑인들은 해가 저물어야 지쳐서 돌아온다. 그러나 알튈이 급료를 타 오는 토요일은 예외이다. 알튈은 내 이웃에 살았다. 얇고 긴 철책이 우리 집과 그가 살고 있는 셋방을 경계짓고 있을 뿐이었다. 그래서 그의 생활과 나의 생활이 자연스럽게 뒤섞인다는 것은 너무도 당연한 일이었다. 그러므로 토요일이면 어김없이 이 노동자의 가정에 일어나는 지극히 파리다운 무서운 활극을 하나도 빠뜨리지 않고 볼 수 있었다.

처음은 언제나 똑같다. 알튈의 아내는 저녁을 준비하고 어린아이들이 주위에서 맴돌며 뛰논다. 그녀는 어린아이들에게 부드럽게 말을 하며 바쁘게 일한다. 일곱 시, 여덟 시…… 그러나 아직도 그는 돌아오지 않는다. 시간이 흐름에 따라 그녀의 목소리는 변한다. 눈물어린 소리가 되고 차츰 날카로워진다. 어린아이들은 배도 고프고 졸려서 짜증을 부린다. 남편은 여전히 돌아오지 않는다. 더 이상 그를 기다리지 않고 저녁을 먹고 어린아이들을 재운다. 닭장의 닭들도 잠이 들면 그녀는 나무로 된 테라스에 나앉아 흐느낀다.

"아, 악당! 악당 같으니라구!"

이웃 사람들은 그녀를 위로한다.

"부인, 들어가서 쉬세요. 돌아오지 않으리라는 것은 뻔하지 않아요? 오늘이 급료날인 걸요. 자, 어서 들어가세요."

그런 다음 이웃 사람들의 위로는 충고와 잔소리로 바뀌고 만다.

"나 같으면 이렇게 살진 않겠어요……. 왜 고용주한테 가서 사실대로 말하지 않는 거죠?"

이웃 사람들이 이렇게 동정할수록 그녀는 설움이 복받쳐올라 더욱 크게 흐느낀다. 그러나 그녀는 끝까지 희망을 버리지 않고 지칠 때까지 남편을 기다린다. 집집마다 문이 닫히고 거리에도 인적이 끊어지면 그녀는 자기 혼자뿐이라고 한 가지 생각에 골몰해서 턱을 괴고 앉아 있다. 그러다가 일생의 절반을 거리에서 지내는 서민들을 향해 거리낌없이 자기의 넋두리를 늘어놓는다. '집세가 밀렸어. 상인들은 외상값을 갚으라고 아우성이고. 빵집에서는 더 이상 외상은 안 된다고 하는데⋯⋯. 오늘도 돈을 안 가지고 돌아오면 어떻게 하지⋯⋯.' 마침내 돌아오지 않는 주인의 발소리를 기다리는데 지쳐서 방으로 들어간다. 그러나 한참 지나서 모든 것이 끝났다고 생각할 때 내 방 가까이의 복도에서 기침소리가 들린다. 가엾은 그녀는 걱정이 되어 다시 나와 어두운 거리를 샅샅이 살피는 것이다. 그러나 거기에 있는 것은 그녀의 슬픔뿐이었다. 한 시나 두 시경, 때로는 더 늦게 골목 끝에서 노랫소리가 들린다. 알튈이 돌아오는 것이다. 그러나 그는 혼자가 아니라 늘 친구를 한 사람 끌고 왔다.

"어서 들어오라니까!"

집 앞에까지 와서도 아직도 건들거리고, 집에서 무엇이 그를 기다리고 있는가를 알기 때문에 그는 선뜻 들어가지 못하고 머뭇거린다. 층계를 올라갈 때 깊은 잠 속에 잠겨 있는 집의 조용함이 그 무거운 발소리를 울려서 마치 뉘우침처럼 그를 불편하게 한다. 그는 남의 집 문 앞에 서서 큰 소리로 외쳤다.

"안녕하십니까, 웨벨 부인? 마튜 부인도 안녕하세요?"

그리고 대답이 없으면 욕지거리를 퍼부어 댄다. 창문이 하나 둘 열려서 그를 비난하는 소나기가 쏟아질 때까지 그는 계속한다. 그는 술이 취하면 소란을 피우고 싸움을 하고 싶어한다. 그리고 화가 머리끝까지 치솟아서 집에 돌아오면 두려움이 어느 정도 사그라드는 모양이다. 그 가장은 무서웠던 것이다.

"문 열어! 나야!"

아내가 맨발로 걸어나와 성냥을 켜는 소리가 들렸다. 그리고 남편은 집 안에 들어서면서 늘 똑같은 소리를 외쳐 댄다. '친구 때문에…… 당신이 잘 알고 있는 그 녀석…… 철도에서 일하는 그놈 말이야……' 아내는 그런 말을 듣지도 않는다.

"다 좋아요. 돈은?"

"한푼도 없어."

알튈의 대답이다.

"거짓말!"

사실 그는 거짓말을 하고 있었다. 비록 술에 취해 있었지만 월요일의 갈증을 해소할 것을 생각해서 언제나 약간의 돈을 남겨 두는 것이다. 그녀가 그에게서 뺏으려는 것은 급료 중에서 남은 바로 그 돈인 것이다.

"다 써 버렸다고 했잖아?"

그는 버럭 소리를 지른다. 그러나 그녀는 아랑곳없이 울화를 터뜨리며 그에게 매달려서 몸을 흔들고 주머니를 뒤집는다. 한참 뒤 돈이 굴러떨어지는 소리가 들리고 아내가 승리의 웃음을 터뜨리며 그에게 달려드는 소리가 들린다.

"자! 이건 뭐죠?"

그러고는 욕설과 주먹질하는 소리가 들려 온다. 주정뱅이가 복수를 하는 것이다. 한번 주먹을 휘두르기 시작하면 멈출 줄을 모른다. 변두리의 값싼 술 속에 들어 있는 사악한 것들과 파괴적인 모든 것이 머리끝까지 올라와 뛰쳐나오려고 하는 것이다. 아내는 울부짖고, 그나마 좁은 방 안에 겨우 남아 있던 마지막 가구들이 산산조각이 난다. 놀라서 잠이 깬 어린아이들이 무서워서 울어 댔다. 골목의 창문들이 열리고 사람들은 혀를 찬다.

"알튈이야. 또 알튈 녀석이야!"

때때로 옆집에 살고 있는 넝마장수 늙은 장인이 딸의 편을 들기 위해 온다. 그러나 알튈은 이미 열쇠를 걸어 잠근 뒤였다. 그래서 열쇠 구멍을 통해 장인과 사위의 무서운 말이 오갔다.

"2년이나 감옥에서 썩고서도 아직도 정신을 못 차렸느냐, 이 한심한 녀석아!"

"그래 2년 동안 감옥에 있었어! 그게 부족하다는 거야? 적어도 나는 내가 진 빚을 이 사회에 갚은 셈이야! 장인 빚이나 갚으라구!"

그의 얘기는 간단했다. '나는 도둑질을 했고, 그때 당신들은 나를 감옥에 넣었어. 그러니 이제 서로 빚진 게 없지.' 그러나 노인이 이것을 자꾸 되풀이하면 참을 수 없게 된 알튈은 문을 열고 나와서 장인과 장모와 이웃 사람들을 향하여 주먹을 휘둘렀다.

그러나 그는 본성이 나쁜 사내는 아니었다. 때때로 그 난동의 이튿날 일요일이면 술 마실 돈이 하나도 없으므로 집에서 하루를 보내야만 한다. 방에서 의자를 가지고 나와서는 웨벨 부인과 마튜 부인, 그리고 셋방 사람들이 모두 모여 있는 테라스에 자리를 잡고 이야기를 시작한다. 알튈은 친절하고 상냥하게 군다. 야학에 다니는 착실한 직공처럼 부드럽고 달콤한 음성으로 말한다. 그러고는 노동자의 권리라든가, 자본가의 횡포라든가 하는 문제에 관해서 여기저기서 주워 들은 사상을 늘어놓는다. 전날 밤에 주먹다짐으로 온순해진 가엾은 아내는 감탄해서 그를 바라보고 있다. 감탄하고 있는 것은 그녀뿐이 아니다.

"정말 알튈 씨가 마음만 잡는다면……."

웨벨 부인은 한숨 지으며 중얼거린다. 그리고 아낙네들은 그에게 노래를 부르게 한다. 그는 베랑제의 '제비들'을 노래한다. 아!
거짓 눈물을 흘리며 부르는 저 노래! 노동자의 어리석은 감상!
기름종이를 발라 곰팡내나는 베란다 아래 널려진 넝마와 빨랫줄
사이로 푸른 하늘이 보였다. 그리고 이 방탕자는 이상에 굶주려
서 눈물 젖은 눈으로 저 높은 곳을 바라보고 있다.

그러나 아무리 그러한 일이 있어도 다음 토요일이 되면 알튈
은 또다시 급료를 바닥내고 아내를 때린다. 그리고 이 가련한 거
리에는 아버지의 나이가 되면 급료를 다 써 버리고, 아내를 때리
려는 꼬마 알튈들이 수없이 많아진다. 그리고 이런 부류의 사람
들이 이 사회를 지배하고 싶어한다. 골목 안 사람들은 입버릇처
럼 말한다.

"이런, 빌어먹을 세상!"

초연(初演)의 저녁

8시면 연극이 개막될 예정이다. 5분 후면 막이 오를 것이다. 무대 장치, 무대 감독, 소도구 담당 등 모두가 제자리에 있다. 제1장의 배우들이 자리를 잡고 저마다의 포즈를 취한다. 마지막으로 나는 다시 한번 막의 구멍으로 내다본다. 객석은 꽉 차 있다. 1천 5백 명의 사람들이 반원의 관람석에 줄지어 앉아 불빛 속에서 웃고 움직인다. 그들 중에는 어렴풋하게나마 아는 얼굴도 보인다. 그러나 그들은 평상시의 모습과는 전혀 다르다. 점잖은 척하는 얼굴, 거만하고 잘난 체하는 모습, 권총처럼 나를 겨누고 있는 쌍안경……. 그 반면 한구석에서 불안과 기대로 창백해진 친한 사람들의 얼굴도 보인다. 그러나 냉담하고 적의에 찬 얼굴이 왜 그렇게도 많은지? 게다가 이 사람들의 얼굴에 서려 있는 불안과 방심, 편견과 불신…… 이러한 모든 것과 이 권태와 적의에 찬 분위기를 깨뜨리고 이 많은 사람들에게 공통의 생각을 갖게 하고, 냉담한 눈길에 흥미의 불길을 점화하지 못하고는 내 연극이 성공하지 못할 것이다.

나는 더 기다리고 싶다. 막이 오르지 못하게 말리고 싶다. 그러나 안 된다. 너무 늦었다. 이미 개막을 알리는 예비종이 세 번 치고 오케스트라가 서곡을 연주하기 시작했다. 그러고는 깊은 침묵, 그리고 무대 뒤에서 들리는 소리가 희미해지고 둔해져서 넓은 객석으로 아스라이 사라져 갔다. 이제 연극이 시작된 것이다. 아! 안타깝다. 나는 도대체 무엇을 했단 말인가?

두려움이 온몸을 조이는 순간이다. 과연 이 연극은 어떻게 될 인가. 나는 세트 기둥에 몸을 바싹 붙이고 가슴을 졸이며 귀를 기울였다. 오히려 내 자신이 격려를 받아야 할 심정인데, 배우들에게 용기를 주고, 나도 모르는 소리를 지르고, 초점 잃은 눈으로 미소짓고…… 아! 이럴 바엔 차라리 몰래 관객석으로 들어가 정면에서 운명의 심판을 보는 것이 나을 것 같다.

그래서 연극과는 전혀 관계가 없는 냉정한 관객이 되어 1층 뒷좌석에 숨었다. 마치 2개월 동안 무대의 먼지가 내 작품 주위에 흩어진 것을 보지 못한 사람처럼. 또 내가 지도한 모든 동작과 모든 음성——문을 여는 동작에서 가스에 불을 붙이는 동작에 이르기까지——연출의 섬세한 것을 마치 내가 결정하지 않은 사람처럼 바라보았다. 참으로 묘한 기분이었다.

귀를 기울여 들으려 했으나 아무 소리도 들리지 않았다. 모든 것이 나를 불편하게 하고 나를 방해한다. 박스 좌석의 문을 여는 열쇠 소리, 의자가 달그락거리는 소리, 서로 전염되듯이 퍼지는 기침 소리, 부채질하는 소리, 옷자락이 스치는 소리…… 미세한 소리까지도 내게는 몹시 크게 느껴져 신경에 거슬린다. 그리고 적의에 찬 몸짓과 태도, 만족하지 못하는 듯한 뒷모습, 권태로운 듯 뻗는 팔굽 등 이런 모든 것이 무대를 가로막는 듯한 느낌을 준다. 내 바로 앞의 코안경을 쓴 젊은 사내가 심각한 표정으로 메모를 하며 말했다.

"유치하기 짝이 없군."

옆자리에서도 낮은 소리로 소곤거린다.

"약속이 내일이라는 걸 아시죠?"

"내일이라구요?"

"네, 내일 꼭 오셔야 합니다."

이들에게는 내일 중요한 일이 있는 것 같다. 그런데 내게는 오늘만이 존재할 뿐이다. 이 혼란 속에서 대사는 아무런 감명을 주지 못하고 뜻하는 의미를 제대로 전달하지도 못한다. 배우의 음성은 객석을 가득 채우지 못하고 무대 가장자리에서 멎고 박수부대의 맥빠진 박수를 들으며 프롬프터 박스 속으로 무겁게 가라앉아 버린다. 저 사람은 무엇에 대해 화내고 있는 것일까? 두렵다. 차라리 가 버리자.

나는 밖으로 나왔다. 비가 내리고 있었다. 주위는 어둠에 덮여 있었다. 그러나 그런 것은 아무 문제도 되지 않는다. 아직도 내 앞에는 불빛을 받으며 앉아 있던 특별석과 일반석 관객들의 얼굴이 줄지어 소용돌이치고 있다. 그리고 그 한복판에 무대가 마치 움직이지 않는 하나의 점처럼 빛나고 있으나, 그것도 내가 멀어져 감에 따라 차차 어두워진다. 걸어도 소용 없고 몸부림을 쳐도 소용 없다. 언제나 그 저주스러운 무대만이 눈앞에서 어른거릴 뿐이다. 그리고 내가 외우고 있는 대사는 계속 내 머릿속에 떨쳐 버릴 수 없는 악몽이다. 마주 치는 사람도, 진흙탕도, 거리의 소음도, 모두가 연극의 일부처럼 느껴진다. 큰거리 한구석에서 휘파람 소리가 나서 나는 흠칫 놀라 발을 멈추었다. 바보처럼! 합승마차의 정거장이 아닌가……

비가 더욱 거세게 퍼부었지만 나는 계속 걸었다. 연극에서도 비가 내리고 있는 듯이 생각된다. 그리고 모든 것이 벗겨지고 물에 녹아서 내 연극의 배우들은 부끄러워 움츠린 채 가스등과 물이 번쩍이는 길거리를 가로질러 나를 쫓아오는 듯하다.

비참한 생각을 떨쳐 버리기 위해서 카페로 들어갔다. 그리고 희미한 불빛에서 책을 읽어 보았으나 글자가 뒤엉키고 늘어지고 뱅글뱅글 돌았다. 무슨 뜻인지 머리에 들어오지도 않는다. 모든 것이 기묘하고 의미가 없는 것처럼 생각된다. 몇 년 전 바람이 심하게 몰아치던 어느 날, 바다 위에서 독서를 하던 생각이 났다. 물이 넘치는 선실 밑에서 낡은 영문법 책을 발견했던 것이다. 나는 파도가 치고 돛대가 부러진 가운데 위험을 잊기 위해, 더구나 갑판 위로 부서져서 쫙 깔리는 푸른 물결을 보지 않으려고 전력을 다해서 영문법에 몰두했다. 그러나 소리내어 읽어도, 단어를 되풀이하여 외쳐 보아도 소용 없었다. 거센 파도와 닻 위로 몰아치는 북풍의 날카로운 소리가 가득한 내 머릿속에는 그 무엇도 비집고 들어올 수가 없었다. 내가 지금 들고 있는 신문도 나에게는 영문법 책과 마찬가지로 소용 없는 것이다. 그러나 내 앞에 펼쳐진 신문을 뚫어져라 들여다보고 있었다. 그러자 짧게 빽빽이 채워진 문장 사이에 내일의 행사에 관한 기사가 눈에 띄었다. 그리고 초라한 내 이름도 씁쓸한 잉크의 물결과 가시덤불 속에서 몸부림치고 있는 것이 눈에 들어왔다……. 갑자기 가스등이 어두워지고 카페는 문을 닫기 시작했다.

벌써?

대체 지금이 몇 시일까?

……거리에는 사람들이 가득하다. 연극이 끝난 것이다. 틀림없

이 나는 내 연극을 본 사람들과도 스쳤을 것이다. 나는 그들을 붙잡고 물어 보고 싶고, 그들의 평을 듣고 싶지만 서둘러 그들을 지나쳤다. 사실 나는 그들의 비평을 복잡한 거리에서 듣는 것이 두려웠던 것이다. 아! 집으로 돌아가는 사람들, 그리고 연극을 만들지 않는 사람들은 얼마나 행복할까…….

어느덧 극장 앞에 와 있는 자신을 발견했다. 극장은 문이 닫혀 있고 불도 꺼져 있다. 오늘 밤 나는 아무것도 모른다. 그러나 비에 젖은 포스터와 아직도 입구에서 반짝거리고 있는 삼각 등불을 보자 몹시 외로움을 느꼈다.

조금 전까지도 소음과 불빛을 받으며 거리의 한켠에 자리잡고 있던 이 큰 건물이 지금은 말없이 어둠을 둘러쓰고 마치 불난 집처럼 물을 뚝뚝 떨어뜨리고 있다. 자! 이젠 끝났다. 6개월의 연습과 꿈과 피로와 희망, 이런 모든 것이 하룻밤 가스등의 불길 속에 타 버리고 재가 되어 날아가 버린 것이다.

혁명 정부의 알제리 저격병

카두르는 알제리 저격대의 북 치는 소년이었다. 젠델 부족 출신으로 비노아 장군 부대를 따라 파리에 데려온 알제리 저격대 소속의 꼬마 군인이다. 아랍의 북 데르부카와 쇠막대기를 든 꼬마는 폭풍 속의 새같이 비센부르그에서 상비니까지 줄곧 종군했다. 그는 어찌나 활기차고 날쌘지 총알도 그를 맞히지 못할 것 같았다. 그런데 겨울이 오자 총탄 불에 발갛게 익은 이 아프리카 소년은 눈 속에서 움직이지 않는 전초 부대의 추운 밤을 이겨 내는 것이 쉬운 일이 아니었다. 1월 어느 날 아침, 발이 꽁꽁 얼고 추위에 쓰러져 있는 소년을 마른 강변에서 실어 왔다. 그는 야전 병원에 오랫동안 입원해 있었다. 나는 그곳에서 그를 알게 되었다.

개처럼 웅크리고 참을성 있게 앓고 있던 그는 크게 뜬 순한 눈동자로 주위를 둘러보았다. 누가 말을 걸어 오면 미소를 지으며 이를 드러내 보일 뿐이었다. 우리 말은 모르고 사비르 어를 했다. 사비르 어는 프로방스 지방어로서 이탈리아 어, 아랍 어 등 라틴 계열 국가의 해안을 따라 조개 줍듯 여기저기서 주워모은

낱말로 이루어진 알제리 방언이다.

카두르를 위로해 주는 유일한 일은 자기 북인 데르부카밖에 없었다. 가끔 그가 울적해 보이면 북을 치게 해 주었다. 하지만 다른 부상병들에게 방해가 될까 봐 너무 크게 치지는 못하도록 주의시켰다. 그럴 때면 노란 햇살과 슬픈 겨울 풍경 속에, 윤기 없던 그의 검은 얼굴에는 갑자기 생기가 솟아났고, 북 소리에 맞추어 표정이 달라졌다. 때로는 회교도의 아침 음악을 치며 코를 벌름거리거나 눈물을 글썽거리기도 했다. 병원의 약품과 소독약 냄새 속에서 그는 오렌지가 지천으로 달려 있는 부리다 숲을 생각했다. 또 흰 베일을 쓰고 베르벤 향기를 풍기는 아랍 아가씨들도 떠올렸다.

두 달이 지나가고, 그 동안 파리에는 많은 사건이 일어났다. 그러나 카두르는 아무것도 몰랐다. 그의 창 밑으로 무장 해제당한 군대가 지치고 병든 몸을 이끌고 돌아왔다. 멀리서는 하루 종일 대포가 이동했고, 그런 다음에는 경종이 울리고 대포를 쏘아 대는 소리가 들려 왔다. 그러나 그는 아무것도 모르고 있었다. 다만 여전히 전쟁을 하고 있으며, 자기도 다리가 나았으니 다시 전쟁에 나갈 수 있으리라고 여겼다. 어느 날 그는 북을 메고 자기 부대를 찾아 나섰다. 자기 부대를 찾기는 어렵지 않았다. 그곳을 지나가던 파리 혁명당 병사들이 그를 데리고 갔기 때문이다. 오랜 심문 끝에 아무것도 알아 내지 못한 장군은 그에게 10만 프랑과 말 한 필을 주고 그를 사령부 예속으로 삼았다.

당시 혁명군 사령부는 붉은 와트군, 폴란드의 망토, 헝가리의 웃저고리, 감색, 황금색 벨벳, 금속 장식품이 달린 복장 등 통일성이 전혀 없었다. 게다가 노란색 실로 수를 놓은 소년의 푸른색

저고리, 머리에 두른 터번, 매달고 다니는 데르부카 등 이 알제리 저격병은 혁명군 사령부의 가장 행렬을 더욱 완벽하게 해 준 셈이다. 그는 이렇게 멋진 옷을 입는 군대에 들어온 것을 기뻐하며 육중한 대포 소리, 거리의 모습, 혼잡한 무기와 군복에 흠뻑 취했다. 아직도 프러시아 군과 싸우고 있는 줄 아는 소년은 영문도 모른 채 이 파리의 대소란에 합세하여 화제의 인물이 되었다. 그가 지나가는 곳마다 혁명군은 그에게 환호성을 울리며 부추겼다.

또한 혁명 정부는 그를 앞세워 선전했고, 그를 마치 훈장처럼 내세우며 데리고 다녔다. 하루에 수십 번씩이나 국방성에 보내고 또 국방성에서 시청으로 보냈다. 이때까지 사람들은 혁명군의 해병이나 포병이 가짜라고 믿었기 때문이다.

그런데 진짜 알제리 저격병이 눈앞에서 왔다갔다 하는 것이 아닌가. 원숭이처럼 날쌘 솜씨로 얼룩말을 타는 것만 보아도 충분했다.

그러나 소년은 왠지 허전했다. 그는 전쟁을 하고 싶었다. 불행히 혁명 정부에서는 왕정시대와 마찬가지로 사령부는 자주 전쟁터에 나가지 않았다. 기마와 사열 이외에는 이 알제리 저격병은 방돔 광장이나 국방성 안마당에서 지냈다. 항상 열려 있는 술통, 베이컨 더미, 아직도 포위당한 시절의 굶주림이 가시지 않은 연회 등이 있는 무질서한 사병 막사에서 살았다. 이런 연회에 참석하기엔 너무 독실한 회교도인 카두르는 그들 사이에 끼이지 않고 혼자 떨어져 검소하게 조용히 지냈다. 한구석에서 그는 종교 예식인 손을 씻고 굵은 밀가루로 쿠즈쿠즈를 만들어 먹었다. 그러고 나서 잠깐 북을 치고는 야영불 옆에서 긴 아랍 옷에 싸여 층계에 누워 잠을 잤다.

5월 어느 아침, 그는 시끄러운 총소리에 잠이 깼다. 국방성은 몹시 당황하고 있었다. 그들은 어쩔 줄을 모르고 허둥거리다가 모두 도망갔다. 기계적으로 그도 다른 사람들같이 말잔등에 올라 앉아 사령부 인사들을 따라나섰다. 거리는 당황한 나팔 소리와 여기저기 흩어져 있는 부대들로 가득 차 있었으며, 보도를 깐 돌을 파내어 바리케이드를 만들고 있었다. 무엇인지 굉장한 일이 일어나고 있음에 틀림없었다. 센 강에 가까워질수록 총소리는 더욱 확실하게 들렸고 소란도 더 심해졌다. 콩코르드 다리 위에서 카두르는 사령부 인사들을 놓쳐 버렸다. 조금 더 나가다가 그는 말을 빼앗기고 말았다. 시청이 어떻게 되었는지 급히 가 보아야 겠다는 여덟 개짜리 금줄의 군모를 쓴 장교가 빼앗아 갔다. 화가 난 카두르는 전쟁하는 쪽으로 달려갔다. 뛰면서 그는 초를 재며 중얼거렸다.

"프러시아 놈들이!"

그에게는 프러시아 군이 쳐들어오는 것이다. 벌써 오벨리스크 주위와 튈리 정원 나무 사이로 총알이 날아갔다. 리보리의 바리케이드에는 죽은 혁명당 두목 프루랑을 복수하겠다는 혁명군이 주둔하고 있었는데 그들이 그를 불러 세웠다.

"여보게, 저격병, 저격병!"

그들도 열 명 정도밖에 되지 않았다. 그러나 카두르는 부대 전체의 힘과 맞먹었다. 총알이 빗발치는데 바리케이드 위에 마치 깃발처럼 도도하게 올라가서 외치며 북을 쳤다. 일순간 대포 소리가 멈춘 사이, 지면에서 올라오는 연기가 걷히고, 샹젤리제의 붉은 바지들이 보였다. 다음 순간 다시 모든 것이 흐려졌다. 그는 자기 눈을 의심하고 더욱 열심히 총을 쏘아 댔다.

잠시 후 바리케이드가 잠잠해졌다. 마지막 포병이 마지막 포탄을 쏘고는 도망간 것이다. 그는 움직이지 않았다. 뛰어나갈 기세로 총을 겨눈 채 적병이 나타나기를 기다렸다. 정부군 선발대가 도착했다. 돌격해 오는 발소리에 섞여 장교가 외쳤다.

"항복하라."

카두르는 순간 깜짝 놀랐다. 그는 총을 높이 쳐들고 뛰어나왔다.

"이젠 됐어. 프랑스 군이야!"

그는 해방군이 왔다고 생각했다. 파리 사람들이 그렇게 오랫동안 기다렸던 페데르브나 상지 장군의 군대가 왔다고. 순간 그는 얼마나 행복했는지 모른다. 그는 하얀 이를 내놓고 활짝 웃었다. 눈 깜짝할 사이에 바리케이드는 점령당했다. 군인들이 그를 에워쌌다.

"어디 그 총 좀 보자."

그의 총은 아직 뜨거웠다.

"네 손을 보자."

그의 손은 화약으로 시커멓게 되어 있었다. 카두르는 활짝 웃으며 자신의 손을 자랑스럽게 내보였다. 그러자 그들은 그를 한쪽 벽으로 밀어부쳤다.

"탕!"

카두르는 자기가 왜 죽어야 하는지도 모르고 죽어갔다.

스갱 씨의 염소

파리의 서정시인 피에르 그랭구아르에게

　자넨 아직도 그 모양이군, 그래. 가엾은 그랭구아르!
　도대체 어떻게 된 일인가? 파리의 모 신문사에서 신문 기자 자리를 자네에게 준다고 했다던데, 그것을 끝내 거절하다니!
　그래, 자네 모습을 보게. 이 가엾은 친구야! 그 구멍 뚫린 저고리와 다 찢어진 바지, 굶주림을 호소하는 듯한 자네의 파리한 얼굴을 좀 보게나. 그것은 아름다운 시에만 몰두하고 있기 때문이 아닌가! 10년간이나 충실하게 아폴로 신의 하인 노릇을 했기 때문이 아닌가? 그래도 자넨 부끄럽지 않단 말인가?
　그러니 신문 기자가 되게, 이 바보 같은 친구야! 신문 기자를 받아들이란 말이야! 그러면 자넨 장미꽃이 찍힌 아름다운 은화도 벌게 되고, 분위기 있는 음식점에서 근사한 식사를 할 수 있게 되고, 또 새로운 연극이 시작되면 첫 공연에 깃털 꽂은 모자를 쓰고 볼 수 있지 않은가…….
　뭐라구, 싫다구? 원하지 않는다구? 그래, 언제까지 제멋대로 자유롭게 살고 싶단 말이지. 그럼 〈스갱 씨의 염소〉 이야기를 해 줄 테니 한번 들어 보게. 멋대로 자유롭게 살려고 하다가 결국 어떻게 되는지 깨닫게 될 걸세.

스갱 씨는 지금껏 염소를 키워 재미를 본 적이 없었다네.
그는 늘 같은 식으로 자기의 염소를 잃어버렸지. 염소는 하나같이 별안간 고삐의 줄을 끊고서 산으로 도망쳤거든.
그리곤 산 속에서 늑대에게 잡아먹혔지. 주인의 사랑이나 늑대에 대한 공포도 결국 염소를 붙들어 놓을 수는 없었던 모양이네. 목숨을 걸고서라도 자연과 자유를 원했던 모양이야.
그러한 성질을 이해하지 못했던 마음씨 착한 스갱 씨는 깜짝 놀라 말했다네.
"이젠 끝장이야. 염소는 내가 싫은가 봐. 이제부터는 한 놈도 기르지 않겠어."
그러나 그는 포기하지 않았지. 그리고 또 여섯 마리째의 염소를 잃은 후 일곱 번째 놈을 샀다네. 이번에는 잘 길들일 수 있게 아주 어린 새끼로 골랐지.
그랭구아르, 스갱 씨의 어린 염소는 정말 예뻤다네. 그놈의 온순한 두 눈, 하사관처럼 보이는 턱수염, 윤기가 도는 까만 발굽, 줄무늬가 있는 뿔, 희고 긴 털이 전신을 덮고 있는 참 사랑스러운 놈이었네! 에스메랄다(빅토르 위고의 소설 《노트르담의 꼽추》에 나오는 여주인공. 항상 금빛 뿔이 달린 염소를 데리고 다녔다)의 염소 못지않게 귀여웠다면 알만하겠지? —— 게다가 온순하고, 주인을 잘 따르고, 젖을 짤 때도 그릇에 발을 집어넣지도 않고 얌전히 몸을 맡겼지. 볼수록 사랑스러운 염소였다네.

스갱 씨의 집 뒤에는 산사나무로 울타리를 둘러싼 밭이 하나 있었네. 그는 그곳에 이 새 식구를 두었는데 밭에서도 풀이 가장 잘 자란 곳에다 끈을 길게 해서 말뚝에다 매어 놓았지. 그러고는 가끔 가서 살펴보곤 했네. 염소는 스갱 씨가 기뻐 어쩔 줄을 모를 정도로 맛있게 풀을 먹곤 했다네.

'드디어 나를 좋아하는 놈이 생겼다' 하고 불쌍한 스갱 씨는 생각했지. 그러나 그것은 오해였어. 염소는 어느덧 따분해지기 시작했다네.

어느 날 염소는 산을 바라다보면서 생각에 잠겼지.

'저 산꼭대기는 얼마나 멋진 곳일까! 목덜미의 살갗을 쓰라리게 하는 밧줄도 없이 풀이 무성한 들판을 마음껏 뛰어놀면 얼마나 즐거울까. 울 안에서 풀을 먹는 것은 당나귀나 소한테는 좋을지 모르지만 염소에게는 넓은 들판이 필요해.'

그러자 그 순간부터 울 안에 있는 풀은 아무 맛이 없었다네. 염소는 하루가 다르게 마르기 시작했고, 젖도 잘 나오지 않게 되었지. 하루 종일 긴 끈을 당기며 산 쪽으로 머리를 돌려 콧구멍을 벌름거리면서 슬프게 '매애!……' 하고 울었다네.

스갱 씨는 귀여운 염소에게 무슨 일인가 일어나고 있다는 것은 알아챘지만, 그것이 무슨 일인지는 알 수 없었지.

어느 날 아침 스갱 씨가 젖을 거의 다 짰을 때 염소가 조심스럽게 말했다네.

"제 말을 들어 주세요, 스갱 아저씨. 전 이렇게 묶여 살고 있으니 날이 갈수록 허약해집니다. 그러니 저를 산 속으로 돌아가도록 해 주세요."

"아! 이런! 너마저도……"

실망한 스갱 씨는 소리를 질렀지. 그 바람에 스갱 씨는 그만 대접을 떨어뜨렸다네. 그리고 염소 곁에 주저앉았지.

"어떻게 된 거지, 블랑케트? 내 곁을 떠나고 싶다고?"

블랑케트가 대답했다네.

"네, 스갱 아저씨."

"옳아, 끈이 너무 짧은 게로군. 끈을 더 길게 해 줄까?"

"그런 건 아무래도 상관없어요."

"그럼 도대체 뭘 어떻게 해 달라는 거냐?"

"아저씨, 전 산 속으로 가고 싶어요."

"이런 한심한 녀석아, 산 속엔 늑대가 있다는 걸 모르느냐? 늑대를 만나면 어떻게 할 거지?"

"뿔로 받으면 되죠."

"늑대는 너의 뿔 같은 건 무서워하지 않는단 말이야. 그놈은 네 뿔과는 비교도 되지 않는 크고 굳센 뿔이 있는 어미염소들을 잡아먹었어. 작년에 여기에 있던 불쌍한 르노드 할멈을 잘 알지? 르노드는 힘이 아주 세고, 수놈같이 사나웠고, 밤새도록 늑대와 싸웠지만…… 아침이 되자 결국은 늑대한테 잡아먹히고 말았어."

"가엾은 르노드 할머니…… 하지만 그래도 괜찮아요, 아저씨. 저를 산으로 보내 주세요."

"맙소사, 도대체 염소들은 왜 그러는 거지? 또 늑대한테 희생될 놈이 생겼군. 그러나 안 되지……. 네가 뭐라고 애원해도 난 너를 구해야 되겠다, 이 못된 녀석아! 네가 끈을 끊으면 큰일이니, 우리 속에 가두어 버릴 테다. 절대로 밖으로 나오지 못할걸."

그러고 나서 스갱 씨는 염소를 어두운 우리 속에 몰아넣고 문을 이중으로 닫아 버렸다네. 그러나 불행히도 그는 창문 닫는 것을 잊었다지 뭔가. 그가 돌아서 나가자마자 염소 녀석은 곧 도망쳐 버렸다네.

자넨 웃겠지, 그랭구아르? 그렇구말구! 난 잘 알고 있네. 자넨 이 순박한 스갱 씨에 반대하여 염소 편을 들 거야! 그러나 얘기를 끝까지 듣고 나면 그때도 과연 웃을 수 있을까?

그 어린 염소는 산에 다다르자 산 전체가 황홀해 보였다네. 여러 해 묵은 나무들도 지금까지 그렇게 예뻐 보인 적이 없었지. 염소는 마치 여왕과도 같이 환대를 받았지. 밤나무들은 나뭇가지로 그녀를 쓰다듬기 위해 땅에까지 닿도록 몸을 굽혔고, 황금빛 금작화는 염소가 지나가는 길가에 꽃을 피우고, 아름다운 향기를 뿜고 있었으니까. 그야말로 산 전체가 블랑케트를 환영한 셈이지.

그랭구아르, 자넨 그 어린 염소가 얼마나 기뻐했는가를 상상하겠지?

이젠 고삐도 없고 말뚝도 없고!…… 마음껏 껑충껑충 뛰어다니고, 마음껏 풀을 뜯어먹어도 방해할 것은 아무것도 없고!…… 바로 여기가 천국이다! 뿔 위로 올라올 만큼 잘 자란 풀이── 게다가 향기롭고 부드럽고, 가장자리가 톱날같이 삐죽삐죽한 수천 종류의 풀들이── 울 안의 풀들과는 아주 딴판이다. 그리고 또 꽃들은…… 크고 푸른 풍령초, 꽃받침이 긴 진홍빛의 디기탈리스, 한입 베어 물면 취하게 하는 액이 흘러넘치는 야생의 꽃들이 숲 도처에 활짝 피어 있었다…….

숲의 아름다움에 취해 버린 어린 염소는 그 속에서 뒹굴고 낙엽과 밤에 뒤섞여 비탈을 따라 굴러 내려가기도 했다네. 그러다가는 갑자기 벌떡 일어서서 기운차게 달리기 시작했지. 머리를 앞으로 내밀고 덤불 속, 회양목 숲을 지나기도 하고 혹은 산꼭대기에, 혹은 계곡 구석진 곳에, 높은 곳, 낮은 곳 할 것 없이 여기 저기 뛰어다녔지. 얼마나 정신 없이 뛰어다녔는지 마치 산중에는 스갱 씨의 염소가 열 마리도 넘는 것 같았다네.

이 어린 염소는 아무것도 두렵지 않았지.

몇 개의 넓은 급류를 뛰어 넘을 때면 젖은 먼지와 물거품이 튀곤 했다네. 그러면 물방울을 흘리면서 편편한 바위에 가서 누워 햇빛에 몸을 말리곤 했지. 한번은 금작화 한 송이를 입에 물고서 언덕 끝에까지 갔을 때, 언덕 밑 저 멀리 평야 속에 울타리를 둘러친 밭 뒤에 있는 스갱 씨의 집을 발견했다네. 그것을 보니 눈물이 날 정도로 웃음이 났다지 뭔가.

'내가 어떻게 저런 작은 집에서 살았을까?'
하고 염소는 비웃었다네.

이렇게 높은 곳에 앉아 있게 되자 어린 염소는 자기 자신이 이 세상에 누구못지 않게 위대한 것 같았지.

아무튼 그날 스갱 씨의 염소는 몹시도 즐거운 하루였다네. 정오때쯤 좌우로 이리저리 뛰어다니던 중, 그 어린 염소는 야생포도를 맛있게 먹고 있는 영양 떼를 만났지. 흰 옷을 입고 있는 우리들의 어린 난봉꾼은 그들의 호감을 사기에 충분했다네. 영양들은 친절하게 그 어린 산양에게 가장 좋은 야생포도를 내어주었다네. 그뿐만이 아니라—— 이건, 그랭구아르 자네와 나만의 이야기지만—— 까만 털이 난 어린 영양 한 마리가 운좋게 블랑케트의 마음에 들었다네. 이들 두 마리의 연인은 한두 시간 동안 숲 속을 거닐었지. 그리고 만일 자네가 그들이 서로 주고받은 이야기를 알고 싶다면 이끼 밑을 흐르는 눈에 보이지 않는 수다스런 샘들에게 물어 보게나.

갑자기 바람이 선선해지고 산은 보랏빛으로 변했다네. 어느 새 저녁이 되었던 거지.

"벌써!"

하고 어린 염소는 말하고 나서 놀라 걸음을 멈추었다네.

저 밑으로 아득하게 펼쳐진 들판은 짙은 안개 속에 묻혀 있었지. 스갱 씨의 밭은 안개에 묻혀 보이지 않았고, 조그마한 집은 실오라기 같은 연기가 피어 오르는 지붕만 조금 보일 뿐이지. 집으로 몰고 가는 양 떼들의 방울 소리가 들려 오자 블랑케트의 마음은 몹시 쓸쓸해졌다네. 보금자리로 돌아가는 큰 매 한 마리가 날개로 그 어린 염소를 스치고 지나갔지. 염소는 몹시 놀라 몸을 부르르 떨었다네. 그러자 산 속에서 짐승의 울음소리가 들려 왔지.

"우! 우!"

어린 염소는 곰, 늑대를 떠올렸지. 하루 종일 정신 없이 지내느라고 늑대를 미처 생각지 못했던 거지 뭔가. 마침 그 순간에 나팔 소리가 멀리 산골짜기 쪽에서 났다네. 그것은 마음 착한 스갱 씨가 마지막으로 노력해서 부는 나팔 소리였다네.

"우! 우!"

늑대의 울음소리가 더욱 커졌다네.

"되돌아와! 돌아와!"

나팔도 외치고 있었지.

짧은 순간이나마 블랑케트는 돌아가고 싶어졌지. 그러나 말뚝과 자기를 잡아 맨 끈과 밭을 둘러싼 울타리를 생각하니, 이젠 더 이상 그런 생활을 할 수 없을 것같이 생각되었지.

어느덧 나팔 소리가 그치고 다시는 들리지 않았다네.

블랑케트는 뒤에서 바스락거리는 소리가 나는 것을 들었지. 돌아다보니 어둠 속에 짧고 곤두선 두 개의 귀와 반짝이는 두 눈이 보였지. 늑대였다네.

커다란 늑대는 꼼짝도 않고 앉아, 조그만 흰 염소를 쳐다보면서 입맛을 다시고 있었지. 늑대는 어차피 잡아먹을 것이기 때문에 서두르지 않았다네. 다만 염소가 돌아다보았을 때, 늑대는 짓궂게 웃기 시작했지.

"하! 하! 스갱 씨의 어린 염소로군."
하고 말한 뒤 빨갛고 큰 혓바닥으로 길게 늘어진 입술을 핥았다네.

블랑케트는 어리둥절했지. 밤새도록 싸우다가 아침에 드디어 잡아먹혔다는 르노드 할멈의 이야기가 떠오르자 차라리 지금 당장에 잡아먹도록 저항을 하지 않는 것이 나을 것이라고 생각되기도 했지. 그러나 생각을 고쳐 먹고는 마치 자기는 스갱 씨의 용감한 염소라는 듯이 머리를 숙이고 뿔을 앞으로 내밀면서 방어 태세를 취했네. 그렇다고 늑대를 이길 가능성은 조금도 없었지. ── 염소는 도저히 늑대를 죽일 수 없다는 것을 자네도 잘 알고 있을 거야── 그러나 다만 자기가 르노드 할멈만큼 오랫동안 견디어 낼 수 있는지 없는지를 알고 싶어졌지.

그러자 그 괴물이 앞으로 다가왔다네. 어린 염소의 조그마한 뿔도 날뛰기 시작했지.

아! 용감한 염소, 그 염소는 얼마나 힘껏 싸웠던지! 그랭구아르, 조금도 과장하지 않고서 그 어린 염소는 열 번 이상이나 늑대가 숨을 돌이키기 위해서 후퇴하도록 했지. 잠깐 동안 휴전할 때에도 이 먹보인 염소는 재빨리 자기가 좋아하는 풀을 뜯어 입에 가득 물고는 다시 싸움을 시작하곤 했다네. 이런 싸움이 밤새도록 계속되었지. 스갱 씨의 염소는 때때로 맑은 하늘에서 반짝이는 별들을 바라다보면서 생각에 잠기곤 했다네.
'오! 동이 틀 때까지 견디어 낼 수만 있다면…….'
별이 하나씩 둘씩 사라졌다네. 블랑케트는 더 용감하게 뿔로 받고, 늑대는 더욱더 심하게 물어뜯었지……. 희미한 빛이 한 줄기 지평선에 나타났다네……. 목쉰 닭이 새벽을 알리는 소리가 산골짜기 밑에 있는 밭으로부터 들려 왔지.
"이제 때가 되었군!"
죽기 위해 날이 새기만 기다리고 있던 불쌍한 염소는 중얼거렸다네. 그러고는 아름다운 흰 털을 붉은 피로 물들이며 땅바닥에 쓰러지고 말았다네.
그러자 늑대는 어린 염소에게 덤벼들어 물어뜯었다네.

그랭구아르, 그럼 잘 있게.
자네에게 들려 준 이 이야기는 내가 지어 낸 것이 아닐세. 만일 자네가 언젠가 프로방스 지방에 오게 된다면 이 지방의 농민들은 자네에게 스갱 씨의 염소에 대해서 종종 이야기할 걸세. '밤새도록 늑대와 싸우다가 아침이 되어 늑대에게 잡아먹힌 스갱 씨의 염소' 이야기를. 자네, 내 말뜻을 알겠나, 그랭구아르! '아침이 되어 늑대에게 잡아먹혔다!'

조그만 파이

일요일 아침, 튀렌 거리의 제과점 주인 슈로는 파이를 배달하
는 소년에게 말했다.

"보니카 씨가 주문한 파이이다. 빨리 갖다 드리고 돌아와. 베르
사유 혁명군이 파리에 들어왔다는 소문이 돌고 있으니까."

영문을 모르는 소년은 따끈한 파이를 접시에 담아 하얀 보자
기에 싸서는 자기 모자 위에 얹고 보니카 씨가 사는 릴생루이를
향해 떠났다. 날씨는 화창했다. 5월의 태양, 활짝 핀 라일락 꽃송
이, 쏟아질 듯한 꽃 무리를 이고 있는 벚나무……. 아득한 곳에서
총 소리가 들리고 길 모퉁이에서 나팔 소리가 울려 오긴 해도 마
레 거리는 평화로웠다. 여느 날과 다름없는 한적한 일요일의 분
위기였다.

정원에서는 어린아이들이 뛰어 놀고, 문 앞에서 처녀들이 깃털
공을 치고 있다. 그곳에 맛있는 파이 냄새를 풍기며 달려가는 하
얀 모자의 소년은 한적한 휴일 기분을 보태어 주었다.

리보리 거리는 대포를 끌어오고 바리케이드를 치느라고 무척
소란했다. 그러나 제과점 소년은 정신을 똑바로 가다듬었다. 혼잡

한 거리를 걷는 데는 이미 익숙해 있었다. 축제나 설날, 일요일 같은 날이 가장 바쁘기 때문이다. 그러니 혁명 같은 것에 놀라거나 두려워할 꼬마가 아니었다.

조그만 하얀 모자가 군모와 총검 사이를 이리저리 뚫으며, 부딪치지 않고 지나갔다. 사뿐사뿐 지나가는 그의 모습은 보기에도 유쾌했다. 소년은 전쟁 같은 것에 아무 관심도 없었다. 그저 보니카 씨 댁에 열두 시 정각에 도착하여, 대기실 테이블 위에 놓인 팁을 빨리 받는 것만이 목적이었다.

어느 순간 소년은 모여드는 군중에 심하게 밀리기 시작했다. 공화국의 고아들이 노래하며 행진하고 있었다. 열두 살에서 열다섯 살 가량의 소년들이었다. 총을 메고, 붉은 허리띠에 긴 장화를 신고, 병정 같은 옷을 입은 그들은 전쟁 따위는 관심이 없어 보였다. 그들은 사순절에 종이 모자를 쓰고 기묘한 가장을 한 채 몰려다니던 때처럼 신바람이 난 모습이었다.

이러한 혼잡한 인파 속에서 제과점 소년은 어지러웠다. 그러나 소년은 길 한복판에서 어찌나 잘 피했는지 조그만 파이만은 무사했다. 그러나 행진하는 소년들의 활기찬 노래와 붉은 띠, 그리고 감탄과 호기심이 소년의 마음을 송두리째 잡아끌었다. 대열에 합류해 조금 걸어 보고 싶은 욕망이 생겼던 것이다. 그래서 소년은 자기도 모르게 시청을 지나고 릴생루이를 지나 먼지와 바람 속으로 휩쓸려 들어갔다.

보니카 씨 집안은 25년 전부터 일요일마다 조그만 파이를 먹는 전통이 있었다. 열두 시 정각, 가족들이 모두 거실에 모인다. 그리고 그때 경쾌한 초인종 소리가 들려 오면 이구동성으로 이렇게 말한다.

"드디어 제과점에서 왔군."

그러면 의자 끄는 소리, 옷 갈아입는 소리, 아이들의 웃는 소리로 거실은 갑자기 활기를 띤다. 행복한 이 부르주아 가족은 은접시에 먹음직스럽게 쌓아올린 파이를 둘러싸고 앉아 식사를 시작한다.

그러나 그날 초인종은 울리지 않았다. 화가 난 보니카 씨는 박제된 새가 달린 괘종시계를 쳐다보았다. 어린아이들은 제과점 소년이 나타나는 길모퉁이를 바라보며 하품을 하고 있다. 이젠 대화에도 싫증이 난 듯했다.

시계가 열두 번을 다 치고 나니 배는 더 고픈 듯했다. 무늬가 있는 식탁보 위에 번쩍이는 은접시가 놓여 있고, 하얀 냅킨이 정갈하게 접혀 있지만 식당은 덩그라니 커 보이고 서글퍼 보이기까지 했다.

늙은 가정부가 벌써 몇 번이나 주인 귓전에 속삭였다.

"고기가 탑니다…… 완두콩이 너무 익었어요."

그러나 보니카 씨는 파이가 오지 않는 한 식사를 할 수 없다고 고집을 부린다. 제과점 주인 슈로에게 화가 머리끝까지 난 보니카 씨는 이렇게 늦는 이유를 물으러 직접 가 보기로 결심했다.

그가 지팡이를 휘두르며 대문을 나서자 옆집 사람들이 그를 말렸다.

"조심하세요, 보니카 씨. 드디어 베르사유 군이 파리로 진격했대요."

그러나 그의 귀에는 아무 소리도 들리지 않았다. 멀리서 들리는 총 소리도, 거리의 유리창이 울리는 시청의 대포 소리도 이미 그의 귀에는 들려 오지 않았다.

"아! 그놈의 슈로, 나쁜 녀석!"

그는 유리창과 접시가 흔들리도록 호통을 치는 자신을 연상하고 있었다. 그러나 루이 필립 다리의 바리케이드는 그의 분노를 산산조각 냈다. 그곳에는 험악한 얼굴을 한 혁명군 몇 명이 길바닥에 주저앉아 햇볕을 쬐고 있었다.

"정지! 어딜 가는 길이오?"

그는 자초지정을 설명했다. 그러나 파이 이야기는 혁명군의 의심만 사게 했다. 더구나 보니카 씨는 금테 안경을 끼고 일요일인데도 프록코트를 입고 있으니 어디로 보나 위장한 늙은이로 보일 뿐이었다.

"이건 스파이다. 리고한테 보내야 한다."

그러지 않아도 바리케이드에 남아 있는 것이 따분했던 네 사람의 장정이 잘 됐다고 선뜻 나섰다. 그리고 억울함에 미쳐 버릴 것 같은 신사를 총대로 밀고 갔다.

집을 나선 지 반 시간 뒤, 보니카 씨는 혁명군에 잡혀 긴 포로 대열에 끼여 베르사유로 향하게 되었다. 흥분한 보니카 씨는 지팡이를 휘두르며 백 번도 더 이야기를 반복했다. 이 엄청난 전쟁 속에서 불행히도 파이 이야기는 엉뚱하고 우스꽝스러울 뿐이어서 장교들은 그저 코웃음만 칠 뿐이었다.

"좋소, 베르사유에 가서 얘기하시오."

포로 대열은 감시병 사이에 끼여 아직도 총탄 연기가 가득한 거리를 따라 움직이기 시작했다.

포로들은 다섯 사람씩 한 조를 이루어 걸었다. 떨어지지 않도록 서로 팔짱을 끼게 했다. 먼지낀 길을 지나가는 긴 포로 대열은 소나기 쏟아지는 소리를 냈다.

가련한 보니카 씨는 악몽을 꾸고 있는 것 같았다. 땀을 흘리고, 숨을 헐떡이며 공포와 피로에 지쳐 있었다. 그는 대열 맨 뒤에서 석유와 독주 냄새를 풍기는 늙은 마술사 사이에 끼여 있었다.

"제과점, 파이……"

그칠 줄 모르고 그의 입에서 튀어나오는 말을 들은 사람들은 그가 미친 줄 알고 있었다.

사실 이 가련한 늙은이는 제정신이 아니었다. 오르막길이나 내리막길에서, 또는 대열에 약간의 간격이 생길 때마다 저 앞, 먼지 속에 슈로 제과점 소년의 흰 셔츠와 모자가 길가에 보이는 것이 아닌가! 그것도 한두 번이 아니었다. 그 하얀 모자는 그를 놀리듯이 군복과 셔츠와 누더기의 물건 사이로 나타났다 사라졌다 하는 것이었다.

마침내 해가 질 무렵 그들은 베르사유에 도착했다. 옷이 구겨지고 정신이 없어 보이는 이 안경 낀 부르주아를 보자 군중은 거물급 반역자로 간주했다.

"반역자 페릭스 피아 아닌가? 아니야, 테레크뤼즈야."

경비병들은 그를 오랑주리 정원까지 무사히 데리고 가느라고 진땀을 흘렸다. 포로 대열은 거기서 흩어져 땅 위에 벌렁 드러눕거나 숨을 돌렸다. 여기저기서 기침을 하고 또 한편에서는 울고 있었다. 보니카 씨는 잠도 자지 않고 울지도 않았다. 배도 고프고 창피하고 피곤에 지쳐서 층계에 앉아 두 손에 머리를 파묻고 있었다. 그는 머릿속에서 불행한 오늘 하루를 생각해 보았다. 집에서의 출발, 가족들의 불안, 저녁까지 그대로 놓인 책, 아직도 자기를 기다리고 있을 식탁, 그리고 모욕과 욕설, 총개머리판, 이 모든 것이 그놈의 정확하지 못한 제과점 주인 때문이었다.

"보니카 씨, 여기 파이를 가져왔어요!"

그때 그의 옆에서 갑자기 말소리가 들렸다. 그는 고개를 번쩍 들었다. 슈로 제과점 소년이 하얀 앞치마에 감추었던 파이 접시를 내밀었다. 소년도 고아들과 함께 잡혀 왔던 것이다.

이리하여 폭동과 투옥에도 불구하고 이 일요일에도 다른 일요일과 마찬가지로 보니카 씨는 파이를 먹을 수 있게 되었다.

거 울

　　북쪽의 니에멩 강가로 복숭아나무 꽃처럼 소박하고 발그레한 얼굴을 가진 열다섯 살의 식민지 태생 백인 소녀가 표류해 왔다. 사랑의 바람이 그녀를 이끈 것이다. 그녀가 살고 있던 섬의 사람들은 한사코 그녀를 만류했었다.

　　"가지 마라. 육지는 몹시 춥단다. 겨울이 되면 넌 얼어 죽을지도 몰라."

　　그러나 소녀는 겨울을 믿지도 않았고, 추위라고는 아이스크림을 먹을 때 느끼는 서늘함 정도로만 생각했다. 더구나 그녀는 사랑에 빠져 있었으므로 죽음 따위는 조금도 두렵지 않았다. 그래서 그녀는 미련 없이 안개 낀 니에멩을 향해 떠났다. 부채와 해먹과 모기장, 온갖 새가 들어 있는 금빛 새장을 들고.

　　북쪽 할아버지는 따뜻한 곳에서 온 가련한 이 섬 꽃을 보니 안쓰러웠다. 추위가 단숨에 이 소녀와 벌새들을 먹어치우리라 생각한 그는 곧 커다란 황금빛 태양의 불을 피우고 그들을 위해 여름 옷으로 갈아입었다. 소녀는 오해하고 있었다. 그녀는 이 북쪽 나라가 찌는 듯한 더위가 항상 계속되는 것으로 알고, 이 칙칙한 풀빛을 봄의 풀빛으로 알고, 공원 안 전나무 사이에 해먹을 매달고 하루 종일 부채질하고 있었다.

"북쪽 나라도 덥긴 마찬가지인걸."

그녀는 미소지었다. 그러나 어딘지 불균형이 느껴졌다. 왜 이곳의 집들은 베란다가 없는 것일까? 벽은 왜 이렇게 두껍고, 양탄자며 이 무거운 장막은 도대체 어디에다 쓰는 걸까? 커다란 난로와 마당에 쌓아 놓은 장작더미, 모피와 두꺼운 외투, 옷장 안에서 잠자는 털옷들은 대체 언제 쓰는 걸까? 그러나 가엾은 소녀는 곧 알게 되었다.

어느 날 아침, 잠에서 깨어난 소녀는 심한 추위를 느꼈다. 태양은 사라지고, 검게 드리운 하늘에서는 하얀 솜털이 풀솜나무 밑으로 떨어지는 것처럼 날리고 있었다.

말로만 듣던 겨울이 왔다! 바람이 불고 난로가 소리내며 탄다. 금빛나는 커다란 새장에서 벌새들은 지저귀지 않았다. 그들은 형형색색의 조그만 날개를 움직이지 않고, 서로서로 몸을 맞대고 추위에 떨고 있었다. 공원 안에 있는 해먹은 서리로 덮여 유리처럼 얼어붙어 있었다. 소녀는 추워서 꼼짝도 할 수가 없었다.

그녀는 새들처럼 난롯가에 웅크리고 앉아 하루 종일 불길을 바라보며 추억 속의 태양을 다시 볼 뿐이었다. 불이 타오르는 벽난로 앞에서 그녀는 자기 고향을 생각했다. 사탕수수가 자라 있는 밭, 태양빛이 반짝이는 넓은 해안길, 옥수수, 오후의 낮잠, 햇볕을 가리는 발, 돗자리, 그리고 또 별이 총총한 저녁, 반짝이는 반딧불이 떼, 꽃 사이와 모기장 속을 날아다니는 수많은 날벌레……

이렇게 그녀가 불꽃 앞에서 고향을 꿈꾸고 있는 동안 겨울의 낮은 더욱더 짧아지고 더욱더 어두워만 갔다. 아침마다 새장 안의 벌새는 한 마리씩 죽어갔다. 얼마 뒤에는 단 두 마리만이 남아 초록빛 날개를 서로 맞대고 구석에서 떨고 있을 뿐이었다.

그날 아침 소녀는 일어나지 못했다. 북방 빙산에 걸린 마혼(지중해에 있는 섬의 항구)의 돛배처럼 추위는 그녀를 미동도 하지 못하게 했다. 어두운 방에는 슬픔이 흐르고 있었다. 유리창에는 성에가 끼어 마치 두꺼운 비단 커튼을 친 것 같았다. 마을은 죽은 듯이 조용했다. 거리에서는 제설차의 소리만 간헐적으로 들려왔다. 침대에 누워 있는 그녀는 이따금 인디언의 깃털로 장식된 자신의 거울 속에 부채에 달린 번쩍이는 금 조각을 비쳐 보거나 자기 모습을 들여다보며 시간을 보냈다.

겨울은 더욱 깊어가고 낮은 더욱 짧아졌다. 레이스 장막을 친 침대에 누운 소녀는 지리하고 서글펐다. 그녀를 특히 슬프게 하는 것은 그녀의 침대에서는 타오르는 불길을 볼 수 없는 것이었다. 그녀는 고향을 두 번 잃은 것 같았다. 가끔 그녀는 물었다.

"방 안에 불이 있나요?"

"물론이지, 있고말고. 벽난로 가득 불이 타오르고 있어. 나무 타는 소리가 들리지 않아?"

"아! 좀 보여 주세요."

그녀는 아무리 몸을 일으켜도 불은 너무 먼 곳에 있어 보이지 않았다. 그녀는 불길을 보지 못해 슬픔이 더했다. 그런데 어느 날 저녁 그녀는 창백한 얼굴로 생각에 잠겨 있었다. 그녀의 연인이 가까이 다가와 침대 위에 있는 거울 하나를 집어들었다.

"불꽃이 보고 싶어? 내 사랑, 잠깐 기다려 봐."

그는 벽난로 앞에 앉아 거울로 불빛을 비쳐 보냈다.

“어때, 보이지?”
“아니, 아무것도 안 보여요.”
“이번에도?”
“아! 이제 보이는군요.”
소녀는 너무 행복해서 소리쳤다. 그녀는 눈동자 속에 불꽃을 간직한 채 웃으며 조용히 죽어 갔다.

프랑스의 마지막 요정

"피고, 일어나시오."

재판장이 말했다.

방화인 용의자 좌석에서 무언가 꿈틀대는 듯하더니 희미한 형체가 간신히 피고석 난간에 와 기대었다. 누더기와 천 조각, 끄나풀, 시든 꽃, 낡은 깃털들이 한데 뭉친 덩어리라고 할 수밖에 달리 표현할 길이 없었다. 주름살이 진 찌든 얼굴에는 두 눈만이 반짝였다.

"이름이 뭡니까?"

"……."

"뭐라고 했습니까?"

그녀는 엄숙하게 대답했다.

"멜류진!"

용기병 대장에게 어울릴 듯한 턱수염을 한 재판장은 빙그레 웃더니 눈썹 하나 까딱하지 않고 계속했다.

"나이는?

"모릅니다."

“현재 직업은?”

“난 요정이오!”

순간 방청석은 물론 배심석, 재판장까지도 폭소를 터뜨렸다. 그러나 그녀는 조금도 동요하지 않고 맑고 가느다란 목소리로 이야기를 시작했다. 그 목소리는 장내에 울려 퍼졌다.

“아! 프랑스의 요정들은 다 어디 갔나요? 여러분, 그들은 모두 죽었습니다. 난 마지막 남은 요정이지요. 이젠 나밖에 남지 않았습니다. 참으로 유감스러운 일이지요. 프랑스는 요정들이 살아 있을 때가 훨씬 아름다웠으니까요. 우리는 이 나라의 시요, 신앙이요, 순수요, 젊음이었습니다. 우리가 사는 곳—— 숲 속의 정원, 샘물가의 돌, 오래 된 성의 탑, 안개 낀 넓은 연못 등은 모두 우리가 있어서 매력 있고 위대해 보였지요. 전설을 통해 사람들은 달빛 아래 우리의 드레스 자락이 스쳐 지나가는 것을 보았고, 풀숲 위에서 우리의 발자취를 발견했지요. 농부들은 우리를 사랑하고 숭배했답니다.

순진한 사람들의 상상은 머리에 진주관을 쓰고 마술봉을 든 우리의 모습을 낳았고, 그들은 우리들에게서 숭배와 아울러 약간의 두려움까지 느꼈습니다. 그래서 우리의 샘물은 언제나 맑았고, 수레바퀴도 우리가 있는 길에는 들어오지를 못했습니다. 세상에서 가장 오래 된 우리는 오래 된 것을 존중했습니다. 그래서 프랑스 땅은 이 끝에서 저 끝까지 산림이 우거지고 바윗돌은 저절로 굴러떨어지게 된 거지요.

그러나 세월은 변했습니다. 철도가 생기고, 터널을 뚫고, 연못을 메우고, 산의 나무를 함부로 베어 내고……. 우리는 어디 한군데라도 몸둘 곳이 없게 되었습니다. 농부들도 점점 우리를 믿지 않게 되었습니다. 저녁때 우리가 덧문을 두드리면 사람들은 '바람 소리야' 하고는 다시 잠들어 버린답니다. 여자들은 우리가 사는 연못으로 빨래를 하러 옵니다. 우리의 삶이 끝장난 거지요. 우리는 서민들의 믿음 속에서만 살아 왔기 때문에 그 믿음을 잃고 나니 빛을 잃은 것과 같았지요. 마술봉의 힘도 사라지고, 숭배 속에 살던 우리는 곧 주름살이 생겨나고 볼썽사나운 할망구가 돼 버렸습니다.

처음에 우리는 숲 속을 헤매며 죽은 나무를 긁어모으고 길가에서 나무 열매를 주으며 목숨을 부지했지요. 그러나 산지기는 우리를 쫓아 내고 농부들은 돌팔매질을 해댔습니다. 그래서 살 길이 막연한 가난한 사람들처럼 우리는 도시로 일을 구하러 갔지요.

제사(製絲) 공장에 취직을 하기도 하고, 추운 겨울에 다리 옆에서 사과를 팔고, 성당 옆에서 묵주를 팔기도 했습니다. 우리는 오렌지를 실은 손수레를 밀고 다니기도 하고 아무도 사 주지 않는 꽃송이를 길 가는 행인 앞에 내밀기도 했습니다. 어린아이들은 우리의 떨리는 턱을 보고 비웃더군요. 경찰관들에게 쫓기고 시내버스에 치여 쓰러지기도 했습니다. 그러고는 병들고 쇠약해져 결국 양로원에서 죽어 갔지요. 이렇게 프랑스의 요정들은 모두 죽게 된 겁니다. 프랑스는 이제 그 벌을 받았습니다.

그래요, 그래요. 얼마든지 웃으세요. 여러분, 요정이 없어진 나라가 어떻다는 것을 지금 막 보았습니다. 농부들은 프러시아 군에게 양식을 주고 친절히 길을 가르쳐 주더군요. 농부들은 미신도 믿지 않지만 또한 조국도 믿지 않습니다. 아! 우리가 있었더라면, 프랑스 땅에 들어온 프러시아 놈들은 한 명도 살아 돌아가지 못했을 겁니다. 우리의 도깨비불이 그들을 늪지로 이끌어 갔을 테고, 우리 이름을 가진 모든 샘물에 마약을 풀어 그들을 미치게 했을 겁니다. 우리는 은은한 달빛 아래에서 모임을 가진 뒤 마술의 힘으로 길과 강을 알아보지 못하게 했을 것이고, 그들이 숲 속을 지나갈 때 가시나무와 수풀을 얽어 놓아 절대로 길을 찾을 수 없게 했을 겁니다. 물론 농부들도 우리와 함께 나섰을 겁니다. 우린 연꽃으로 상처를 낫게 하는 약을 만들었을 것이요, 전쟁터에서 죽어가는 병사에게는 고향의 숲, 고향의 길, 고향의 추억 등을 생각나게 하는 여러 가지를 보여 주었을 것입니다. 국가를 지키는 전쟁, 성스러운 전쟁은 이렇게 하는 겁니다. 그러나 슬프게도 믿음이 없는 나라, 요정이 없는 나라에서의 전쟁은 결코 승리할 수 없을 것입니다.”

노파의 목소리는 잠시 중단되었다. 재판장이 입을 열었다.

“지금까지의 얘기는 당신이 석유를 가지고 무엇을 하고 있었는지 증명하지 못하오.”

“난 파리를 불태우고 있었지요. 우리의 신비스러운 샘물을 분석하여 그 속에 철분과 유황이 몇 퍼센트 들어 있는가를 알아 내는 학자를 보낸 것이 바로 파리니까요.

우리의 마술은 속임수가 되고 사람들은 우리의 날개 돋친 수레를 흉내내어 요정은 생각만 해도 웃음이 나는 존재로 만들었습니다.

우리를 알고, 우리를 사랑하며, 또 우리를 경외하는 어린이들이 있었습니다. 그런데 그들에게 우리 얘기를 쓴 아름다운 책을 주지 않고 과학책을 주었습니다. 그 책에는 권태가 먼지처럼 피어 올라 그들의 눈에서 우리의 마술 궁전, 마술 거울을 지워 버렸습니다.

아! 그래요. 나는 파리가 불타는 것을 보고 기뻤습니다. 나는 석유통을 내 손으로 채워서 적당한 장소에 갖다 놓았습니다. 자, 가서 태워라, 태워, 태워!"

"이 늙은이, 정말 미쳤군!"

재판장이 소리쳤다.

"이 노파를 데려가라."

교황님이 돌아가셨다

　나는 소년 시절을 지방의 제법 큰 도시에서 보냈다. 이 도시는 배가 빈번히 오가는 복잡한 강이 도시 한가운데를 관통하고 있어서 나는 배 위의 생활을 무척이나 동경하고 있었다. 특히 생뱅상이라는 작은 다리 근처의 강나루는 지금 생각해도 가슴이 벅차오른다.

　활대 끝에 못으로 박은 '임대선(賃貸船) 콜네'라는 간판과 늘 물에 잠겨 있어서 물때가 낀 검은색의 작은 층계가 아직도 눈에 선하다. 사다리 밑에는 밝은 빛으로 새 칠을 한 작은 보트가 몇 척 줄지어 조용히 흔들리고 있었다. 보트의 뒤쪽에는 흰 글씨로 벌새라든가 제비라는 아름다운 이름이 씌어 있어 더욱 날렵하게 느껴졌다.

　그리고 언덕에 세워서 말리고 있는 하얀 노 사이를 페인트통과 큰 붓을 들고 왔다갔다하는 콜네 할아버지의 모습이 생각난다. 저녁이면 서늘한 바람이 부는 강의 수면처럼 무수하게 주름이 번져 있는 그을린 얼굴……. 아, 콜네 할아버지는 내가 소년을 악동으로 보내게 했으며, 괴로운 정열과 죄와 후회의 근원이었다.

그의 보트가 얼마나 내게 죄를 범하게 했는지! 학교를 그만두고 보트를 탄 채 오후를 보낼 수 있다면 나는 책뿐만 아니라 무엇이건 팔아치웠을 것이다.

노트를 그대로 보트 속에 던지고 윗도리를 벗어 모자 뒤로 젖히고 물결에 닿아 서늘해진 바람을 머리에 받으며 눈썹을 찌푸린 채 있는 힘껏 노를 저었다. 마치 노련한 뱃사람 같은 태도로. 도시를 벗어나기 전에는 양쪽 강기슭의 거리가 같도록 한복판을 저어 갔다. 내가 노련한 뱃사람으로 여겨지는 곳이 있었다. 작은 배, 일렬로 흐르는 재목, 증기선이 스쳐가는 거품을 피해 한 줄기로 겨우 떨어져 서로 비켜 간다. 그 대혼잡 속에 나도 한몫 끼인다는 것이 얼마나 자랑스러운 일이었던지!

흐름을 따르기 위해 방향을 바꾸는 커다란 배가 있으면 수많은 작은 배들이 자리를 바꾸어야 했다. 그럴 때마다 갑자기 증기선의 뒷바퀴가 내 가까이에서 커다란 파도를 일으켜 시커먼 그림자가 내 위로 겹치는 것처럼 느껴졌다. 사과를 실은 배의 뱃머리였다.

"야, 조심해라. 꼬마야!"

쉰 목소리가 날아왔다. 물에 합승마차의 그림자가 비치고 일상의 생활이 끊임없이 교차되는 크고 작은 다리를 이고 있는 이 배 위의 세계의 왕래 속에 휘말려 나는 땀을 흘리고 몸부림쳤다. 게다가 다리 밑 험한 물결, 또 물의 변화에 따른 역류와 탁류, 저 유명한 죽음의 소용돌이, 열두 살 소년의 팔로 이 속을 지나가려고 하는 것은 여간 어려운 일이 아니었다. 게다가 키를 잡아 주는 사람도 없었다.

때때로 운좋게 예인선(曳引船)을 만났다. 끌려가는 배의 끝머

리에 얼른 내 배를 매달고 노를 날개처럼 공중에 편 다음, 움직
이지 않고 강을 따라 거품의 긴 레이스를 만들어서는, 양쪽 강기
슭에 있는 나무나 집들이 뒷걸음치는 소리 없는 속도에 몸을 맡
겼다. 나의 앞쪽, 저 멀리 추진기의 단조로운 울림이 들리고 얇은
굴뚝에서 가는 연기가 올라오는 예인선 위에서는 개가 짖어 댔
다. 모든 것이 긴 여로, 진짜 뱃사람의 생활이라는 환상을 안겨
주었다.

그러나 예인선을 만난다는 것은 극히 드문 일이었다. 그야말로
행운이 아닐 수 없었다. 대개의 경우 햇볕이 쨍쨍 내리쬐는 속을
노를 저어 가야 한다. 빛! 강 위로 쏟아붓는 햇볕은 지금도 내 온
몸을 태우는 것 같다. 모든 것이 불타는 듯 빛나고 있었다. 쨍 하
고 울릴 듯한 대기 속에서 물 속에 잠겼다가는 다시 나오는 노와
물 속에서 끌려나오는 예인선의 노끈이 깨끗하게 닦아 놓은 은
처럼 생생한 빛을 던지고 있었다.

나는 눈을 감고 노를 저었다. 때때로 힘찬 나의 노력과 배 밑
을 흐르는 물줄기의 힘에 의해서 속도감을 느꼈다. 그러나 얼굴
을 들고 바라보면 언제나 나무 같은 벽이 눈앞의 강기슭에 서 있
었다.

비록 땀에 젖고 몸을 빨갛게 태우긴 했으나 노력한 보람이 있
어 마침내 도시에서 벗어났다. 샤워장과 세척선, 승선소 다리의
소란이 점점 멀어져 갔다. 다리는 넓은 강기슭에 이따금 하나씩
있다. 교외의 정원과 공장의 굴뚝이 군데군데 그림자를 드리우고
있다. 피곤에 지칠 대로 지쳐 버린 나는 벌레의 날개 소리가 들
려 오는 갈대 사이로 배를 저었다. 그리고 거기서 태양과 피로와
노란 큰 꽃잎이 흩어진 수면에서 올라오는 그 무거운 더위에 녹

아들어 노련한 수부는 몇 시간이고 코피를 흘렸다. 이처럼 언제나 내 배의 여행은 비슷한 결말을 가져왔다.

나는 그것이 황홀했었다.

그러나 집으로 돌아올 때는 무서웠다. 노를 아무리 열심히 저어도 어쩔 수 없었다. 언제나 늦어서 수업은 이미 끝난 뒤였다. 황혼의 풍경, 안개 속에 켜지는 첫 가스 램프, 병사들의 귀영 나팔 소리 등 이 모든 것이 불안과 후회의 마음을 진하게 할 뿐이었다. 잔잔한 마음으로 돌아가는 거리의 사람들이 부러웠다. 나는 태양과 물로 가득 찬 무거운 머리를 안고 달린다. 귓속에서 조개 껍데기의 윙윙거리는 소리가 들려 오는 듯했다. 그리고 이제부터 해야 하는 거짓말 때문에 얼굴이 빨갛게 달아오르곤 했다.

두려움은 언제나 문 뒤쪽에서 기다리고 있었다. '어디 갔다 이제 오는 거니?' 라는 그 무서운 질문에 똑바로 대답하기 위해서는 언제나 거짓말이 필요했다. 내가 제일 무서웠던 것은 돌아왔을 때의 이 질문이었다. 나는 층계가 끝나기 전에 대답을 해야 했다.

이어질 질문을 막히게 하는 기절 초풍할 이야기를 언제나 준비해야만 했다. 이야기를 미리 꾸며 놓으면 나는 무사히 안으로 들어가서 숨을 돌릴 수 있었다. 그리고 이 목적을 이루기 위해서는 어떤 일도 주저하지 않았다.

어떤 흉칙한 사고나 시위, 여러 가지 무서운 이야기, 이를테면 거리의 한쪽이 다 타고 있다든가, 철교가 끊어져 강 속으로 떨어졌다는 등의 무시무시한 이야기를 만들어 냈다. 그러나 가장 심했다고 생각되는 것은 이런 이야기다.

그날 밤 나는 몹시 늦었다. 한 시간 넘게 나를 기다리고 있던 어머니는 층계 위에 선 채 지켜 보고 있다가 이렇게 소리치셨다.

“도대체 어디 갔다 오는 거니?”

어린아이의 머릿속에는 얼마나 무서운 생각이 자리잡고 있는 것일까? 그때 나는 아무런 준비도 되어 있지 않았다. 너무나 급히 왔으므로…… 문득 엉뚱한 생각이 떠올랐다. 나는 어머니가 대단히 신앙심이 깊고 로마 부인처럼 열렬한 카톨릭 교도임을 알고 있었으므로 매우 놀란 듯 숨을 헐떡거리며 대답했다.

“엄마, 큰일났어요.”

“왜 그러니? 또 무슨 일이 일이야?”

“교황님이 돌아가셨어요!”

“뭐? 교황님이 돌아가셨다구?”

가련한 어머니는 이렇게 말하고 창백한 얼굴로 벽에 몸을 기댔다. 나는 일이 생각보다 너무나 잘 되고 거짓말이 지나치게 엄청난 것에 겁이 나서 슬그머니 방으로 들어갔다. 그러나 끝까지 밀고 가야만 했다. 슬프고 조용했던 그날 저녁이 지금도 생각난다. 침통한 얼굴을 한 아버지, 기운 없는 어머니…… 모두 테이블에 둘러앉아 낮은 소리로 속삭였다. 나는 눈을 아래로 내려뜨고 있었다. 그러나 내가 어딘가 들러 능장을 부리고 온 것 따위는 슬픔 속에 가려져 아무도 언급조차 하지 않았다.

모두 피오 9세의 미덕을 앞다투어 이야기했다. 그리고 이야기는 점점 역대의 교황 이야기로 거슬러 올라갔다. 로즈 숙모는 피오 7세의 이야기를 했다. 역마차를 타고 헌병들의 호위 속에 남프랑스를 지나갈 때 본 것을 아직도 기억한다고 말했다. 코미디앙테! 라지드앙테!라는 황제와의 유명한 장면이 이야기되었다. 그 무서운 광경이 언제나 같은 어조, 같은 몸짓, 같은 말투로 이야기되는 것을 나는 아마도 수백 번은 더 들었을 것이다. 그것은 수도원의 이야기처럼 어처구니없고, 지방마다 대대로 전해져 내려오는 전설을 이야기할 때와 똑같은 말투였다. 그건 상관없다. 그 이야기가 그처럼 흥미있게 느껴진 적은 없었다. 나는 일부러 한숨을 짓고, 질문을 하며 일부러 이야기에 빠져든 듯한 표정으로 그 이야기를 듣는 척했다. 그러고는 끊임없이 이렇게 생각했다.

'내일 아침 교황님이 돌아가시지 않았다는 것을 안다면 너무 기뻐서 아무도 나를 나무랄 용기가 없을 것이다.'

이런 것을 생각하고 있는 사이에 스르르 눈이 감겼다. 그리고 그 위에 무겁게 처진 론 강 기슭과 사방팔방으로 달리며, 마치 유리 자르는 칼처럼 흐릿한 물 위에 줄을 그은 물거미의 긴 발의 환영과 같이 파랗게 칠한 작은 보트의 환상을 그려 나갔다.

선상에서의 독백

　등불이 꺼지고 출입문이 닫힌 것은 이미 두 시간 전이었다. 침실로 사용하고 있는 포열 갑판은 어둡고 습해 숨이 막힐 지경이었다. 그물침대 안에서 뒤척거리며 잠꼬대를 하는 동료들의 신음 소리가 간헐적으로 들려 온다. 무료한 나날, 잡생각만으로 머리가 터져 버릴 것 같은 나날은 잠도 잘 오지 않는다. 그런 날은 열에 들뜨고 악몽에 시달릴 뿐이다. 그러나 선잠이나 악몽조차도 내게는 찾아오지 않는다. 머릿속이 너무 많은 생각들로 가득 찼기 때문이다.

　갑판에는 비가 내리고 바람이 분다. 15분이 지날 때마다 배 끝에 매달린 종이 안개 속에서 울려 퍼졌다. 그 소리를 들을 때마다 아침 여섯 시를 알리는 파리의 교외에서 들리는 종 소리가 생각난다 —— 우리가 세들어 살던 방 주위에는 공장이 많았다. 그 작은 우리 방이 생각난다. 학교에서 돌아오는 아이들, 저무는 하루 해가 아쉬운 듯 재봉틀을 돌리던 아이들의 어머니. 아! 어쩌면 좋을지 모르겠다. 이제, 이 모든 것이 어떻게 될 것인가?

　한편으로는 가족을 데리고 오는 게 훨씬 나았을지도 모른다는 생각이 든다. 그러나 이제는 다 지난 일이다. 난 아이들을 위해 긴 여행과 낯선 곳의 기후를 염려했다. 또 10년이 걸려 힘들여 일궈 놓은 리본 공장을 그만두어야만 하다니. 그리고 우리 아이들은 학교도 못 다니게 되고……, 아내도 온갖 고생 속에 살아야 되고……. 아! 그건 안 될 일이다. 차라리 나 혼자 괴로움을 당하는 편이 훨씬 낫지. 저 위 갑판을 올라갈 때 다른 가족들이 모여 있는 것을 보면—— 어머니는 누더기를 꿰매고 있고, 아이들은 어머니 치맛자락에 매달리고——나는 서글퍼 목이 메인다.

배는 엄청난 속도를 내는 듯하다. 그래, 좋아. 더 빨리 도착할 테니까……. 재판할 때는 그렇게 무섭게 여겨지던 소나무 섬이 지금은 오히려 빨리 도착하고 싶은 심정이 되었다. 그것이 목적이 되고 안정을 의미하게 되었다. 나는 정말 지쳤다. 때로는 지난 10개월 동안 겪은 일들이 눈앞에 생생하게 떠올라 어지러워진다. 프러시아 군의 포위, 성벽, 훈련, 클럽, 양복 가슴에 조화를 달고 간 장례식, 광장에서의 강연, 시청에서 있었던 파리 코뮌(노동자 혁명 정부)의 잔치, 출격 전쟁, 크라마프 정거장, 사토의 언덕.

그리고 나서는 선교(船橋), 경찰서, 이동선이 이 감옥에서 저 감옥으로 이동될 때마다 거닐던 수많은 거리거리들. 마침내 군대 재판 법정에 앉아 있던 휘황한 군복 차림의 장교들, 죄수차, 출항, 이 모든 것이 출항 초기의 혼잡했던 광경과 뒤섞인다.

아아!

내 얼굴엔 피곤과 먼지가 더께져 있다. 10년 동안 물 구경을 못 한 사람 같다. 아, 그렇다! 어디에든 정착해서 잠깐 휴식을 하는 것이 좋겠다. 그들은 그곳에 가면 자신의 땅을 가질 수 있다고 한다. 쟁기와 조그만 집도……. 조그만 집! 나와 아내가 생망

테 근처에서 그렇게도 꿈꾸던 집이, 채소밭과 꽃밭이 바둑판처럼 놓인 조그만 정원이 있는 집을. 일요일이면 그곳에 가서 일 주일 동안 못 마신 공기와 태양빛을 아침부터 저녁까지 실컷 받고 싶었지. 아이들이 성장하여 장사를 시작하게 되면 우리 부부는 그곳에서 조용히 생활을 하자고……. 가엾은 자여, 자! 이제 넌 은퇴했다. 너의 시골집을 갖게 됐다!

아! 이럴 수가! 이 모든 것이 정치 때문이라니! 난 애초에 정치 같은 것엔 관심이 없었다. 항상 무서워했으니까. 우선 내겐 돈도 없었고 또 신문을 읽거나 회합에 연설을 들으러 갈 시간도 없었다. 그런데 그놈의 '파리 포위'가 왔다. 국민군. 소리 지르고 술 마시는 일밖에는 할 것이 없었다. 그래 나도 다른 사람들처럼 클럽에 나가기 시작했고, 그 거창한 연설을 듣고 결국 취해 버리고만 것이다.

노동자의 권리! 민중의 행복!

혁명 정부가 들어섰을 때 난 이제 가난한 사람들의 황금 시대가 온 줄로만 알았다. 더구나 나는 대위로 임명되었고, 사령부 장교들은 모두 새 옷에 계급장을 달고 장식끈을 늘어뜨리고 견장을 달았던 것이다. 덕분에 우리 집의 일이 많아졌지. 시간이 조금 지나자 차차 사정을 알게 된 나는 그곳에서 빠져 나오고 싶었다. 그러나 나는 비겁자로 낙인될 것이 두려웠다.

그런데 저 위에서 무슨 일이 일어났나보다. 확성기가 울린다. 무거운 장화 소리가 갑판에 울린다. 뱃사람들도 참 피곤한 생활을 하는구나. 갑판장의 호루라기 소리가 잠을 깨운다. 아직 잠이 완전히 깨기도 전에 땀을 흘리며 갑판으로 달려간다. 추위와 어둠 속에서 뛰어야 한다. 갑판의 마루는 미끄럽고 밧줄은 얼어붙

어 그것을 끄는 손이 떨어져 나갈 것처럼 아프다. 하늘과 바다만
이 보이는 돛대 꼭대기에 기어올라가 거대한 돛을 달 때 거센 바
람이 불어치면 그들은 갈매기처럼 바다 한가운데로 날아 떨어져
버린다. 아! 그 생활도 파리의 노동자나 마찬가지로 힘들고 보잘
것 없는 생활이다. 그러나 이들은 불평을 하거나 반항하지 않는
다. 조용하고 결단성 있는 맑은 눈초리로 지휘관을 존경한다. 분
명 저 사람들은 우리들 회합에는 오지 않았을 것이다.

폭풍을 만난 모양이다. 선박이 심하게 요동치며 모든 것이 몸
을 떤다. 파도가 우레 소리를 내며 갑판을 내리쳤고, 잠시 동안
사방에서 흘러내리는 물 소리, 내 주위가 모두 웅성거린다. 뱃멀
미를 하기도 하고, 공포에 온몸을 떨고 있는 사람도 있다. 이런
상황에서 꼼짝 못하고 있어야 한다는 것은 감옥살이 중에도 중
형이다. 더구나 우리가 이렇게 짐승처럼 갇혀 공포에 떠는 동안
황금빛 머플러를 두르고 빨간 가슴받이를 한 혁명 정부의 잘난
주동자들, 우리만 앞장 세운 그 비겁자들은 런던이나 주네브 등
프랑스 근처에서 조용한 카페에 앉아 차를 마시거나 극장에서
영화 감상을 즐기고 있겠지. 그 생각만 하면 전신의 피가 거꾸로
솟는다.

차츰 우리도 안정을 찾았다. 서로의 이름을 부르고 농담을 주
고받기 시작한다. 난 잠든 체한다. 혼자 될 수 없다는 것, 공동 생
활을 해야 한다는 것은 참으로 괴로운 일이다. 남이 화를 내면
함께 화내고, 똑같은 말을 되풀이해야 하고, 생기지도 않은 증오
심을 품은 체해야 하고, 그렇지 않으면 곧 스파이로 오해받는다.
그리고 언제나 이어지는 농담…… 아, 폭풍우가 점점 거세지는
것 같다. 바람이 커다란 구멍을 뚫어 놓아 그 속으로 우리 배가

떨어졌다 올라오는 것을 충격으로 느낀다. 아, 가족을 데려오지 않길 잘 했다. 이 시간에 그들이 조그만 방 안에서 안전하게 지내고 있다는 것을 생각하면 마음이 더없이 편해진다. 지금 내 눈 앞에는 등불 밑에 잠든 어린아이들과 생각에 잠긴 채 일손을 움직이고 있는 아내의 모습이 환히 보이는 것 같다.

세미앙트 호의 최후

지난 밤의 폭풍이 우리를 코르시카 해안으로 옮겨다놓았다. 그래서 오늘은 그곳의 어부들이 밤을 새우며 자주 이야기하는 무서운 바다 이야기를 하려고 한다. 나도 우연히 그 이야기를 듣고 매우 이상한 이야기라고 생각했었다.

지금으로부터 2~3년 전의 일이다. 나는 사르디니아 바다를 7~8명의 세관 선원들과 함께 항해하고 있었다. 배 타는 일에 익숙하지 않은 나에겐 무척 괴로운 여행이었다.

3월 내내 하루도 날씨가 좋은 날이 없었다. 동풍은 끊임없이 우리가 탄 배를 뒤에서 흔들어 댔고, 거친 바다는 도무지 잔잔해질 것 같지 않았다.

어느 날 저녁, 우리의 배는 폭풍우를 피해 보니파시오 해협 입구에 모여 있는 작은 섬들 사이로 들어가게 되었다. 해변의 경치는 별로 아름답지 않았다. 새 떼로 뒤덮여 있는 커다란 벌거숭이 바위들, 무성한 풀숲, 유향나무 숲, 그리고 사방에 펼쳐져 있는 진흙탕 속에서 썩어 가고 있는 나뭇가지가 전부였다.

그러나 밤을 지새우는 데는, 갑판이 반밖에 남지 않은 낡은 배의 파도가 밀려드는 선실보다는 이 초라한 바위가 훨씬 나았기 때문에 모두들 다행이라고 생각했다.

배에서 내린 선원들이 생선 요리를 하려고 불을 지피고 있는 동안, 선장은 나를 불러서 섬 끝의 안개에 묻혀 있는 흰 돌담을 가리키며 말했다.

"저와 함께 묘지에 가 보지 않겠습니까?"

"묘지라뇨? 리오네티 선장님, 도대체 여기는 어디입니까?"

"라베치 섬입니다. 이곳에는 세미앙트 호에 승선했던 6백 명이나 되는 사람들이 묻혀 있지요. 10년 전에 이 해변에서 배가 난파당했거든요. 묘지를 찾아오는 사람도 별로 없고……. 가엾은 사람들입니다. 여기까지 왔으니 잠깐 들러 보는 것이 어떻겠습니까?"

"네, 그렇게 하지요."

세미앙트 호의 묘지는 매우 쓸쓸했다. 지금도 그 모습이 눈앞에 떠오른다. 작고 낮은 담, 녹이 슬어 열기 힘든 철문, 텅 비어 있는 교회, 잡초로 뒤덮여 있는 수백 개의 검은 십자가……. 꽃 한송이, 그들을 추억하는 물건 하나 보이지 않았다. 아, 생각지 못한 죽음을 맞아 불쌍하게 버려진 사람들은 무덤 속이 얼마나 추울까?

우리는 잠시 그곳에서 무릎을 꿇었다. 선장은 소리내어 기도를 했고, 유일한 묘지기인 커다란 갈매기들이 우리 두 사람의 머리 위를 맴돌며 쉰 목소리로 슬픈 파도 소리와 이야기하고 있었다.

기도를 끝내고 우리는 쓸쓸하게 배가 있는 곳으로 돌아왔다. 우리가 없는 동안 선원들은 시간을 헛되이 보내지 않은 것 같았다. 바위 뒤에서는 모닥불이 활활 타고 있었고, 냄비에서는 김이 무럭무럭 나고 있었다. 우리는 모두 둥그렇게 둘러 앉아, 무릎 위에 빵이 담긴 붉은 접시를 올려놓았다.

우리는 조용히 식사를 했다. 옷은 물에 젖었고, 배는 고프고, 우리들 곁엔 묘지가 있었기 때문이었다.

하지만 식사가 끝나자 그들은 파이프에 불을 붙이고 이야기를 시작했다. 이야기는 자연히 세미앙트 호에 관한 것이었다.

"그런데 어째서 그런 일이 일어났습니까?"

머리를 양 손으로 괴고 깊은 생각에 잠겨서 불을 바라보고 있는 선장에게 내가 물었다.

"어째서 그런 일이 일어났느냐구요?"

리오네티 선장은 길게 한숨을 내쉬며 말했다.

"유감이지만 이 세상에 이 얘기를 설명할 수 있는 사람은 없을 겁니다. 우리가 알고 있는 것은 세미앙트 호가 나쁜 날씨에도 불구하고 크리미아로 가는 군대를 싣고서 사고 전날 저녁 툴롱 항구를 떠났다는 사실뿐입니다. 밤이 되어도 날씨는 좋아지지 않았습니다. 바람이 불고 비마저 내려서 바다가 몹시 거칠었는데, 지금까지 본 일이 없었을 정도로 매우 심했던 모양입니다. 아침이 되자 바람은 약간 누그러졌지만 바다는 여전히 거칠었고 게다가 안개까지 잔뜩 끼어 뱃머리에 있는 불빛조차 보이지 않았답니다. 이 안개란 것은 도저히 상상할 수 없는 괴물 같은 것입니다. 어쨌든 세미앙트 호는 그날 아침 키를 잃은 것이 분명합니다. 안개가 심해도 키가 부서지지 않았다면 선장이 여기까지 배가 흘러오도록 내버려 두지는 않았을 겁니다. 그는 꽤 유능하며 솜씨 좋은 선장이었으니까요. 3년 동안 코르시카에서 배들을 관리했으니까, 그곳 해안에 대해서는 나만큼이나 자세하게 알고 있는 사람이었습니다."

"그럼, 세미앙트 호는 몇 시쯤 침몰했을까요?"

"아마 한낮이었을 겁니다. 그렇지만 안개 때문에 한낮이라도 마치 캄캄한 밤과 다를 바 없었겠지요. 해안에 있던 어떤 세관원의 이야기에 의하면 그날 11시 30분쯤에 열린 문을 닫으러 집 밖으로 나오는데 한 줄기 바람이 불어 모자가 날아갔다고 합니다. 그래서 파도에 휩쓸린 위험을 무릅쓰고 바닷가를 엉금엉금 기어 모자를 쫓아가기 시작했다더군요. 잘 알다시피 세관원들은 생활이 넉넉하지 못해 모자 하나라도 매우 소중한 형편이었지요. 그런데 그 남자가 문득 머리를 들었을 때, 바로 가까운 곳에서 돛도 없는 커다란 배가 안개에 싸인 채 바람에 밀려 휙 지나가는 것을 보았다고 합니다. 배가 쏜살같이 달려갔기 때문에 자세히 볼 틈이 없었겠지요. 그러나 아무리 생각해 봐도 그것은 분명히 세미앙트 호였답니다. 그러고나서 30분쯤 뒤에 섬의 목동이 무엇인가가 바위에 부딪히는 소리를 들었다니까요……. 아, 마침 그 목동이 옵니다. 직접 그 이야기를 물어 보시지요. 안녕하세요, 팔랑보! 이 쪽으로 와서 불 좀 쬐지요."

모자를 눌러 쓴 남자가 머뭇거리며 우리 곁으로 다가왔다. 나는 조금 전부터 이 남자가 모닥불 근처를 서성거리는 것을 보았지만, 이 섬에 목동이 있으리라고는 생각하지 않았기 때문에 선원 중의 한 사람으로 여기고 있었다.

그는 나이가 든 병자였으며, 좀 모자라 보였다. 괴혈병에라도 걸렸는지 크고 두꺼운 입술을 갖고 있어 보기에 흉했다.

우리는 그가 이해할 수 있도록 설명하느라고 애를 썼다.

그 목동은 병든 입술을 손가락으로 치켜들면서 실제로 그날 정오쯤 오두막에서 바위에 무언가 부딪히며 부서지는 무서운 소리를 들었다고 말했다. 섬이 온통 물에 잠겨 있었기 때문에 오두막 밖으로는 나올 수 없었으며, 다음 날 겨우 문을 열어 보았더니, 해안은 파도에 밀려온 배의 파편과 시체들로 가득했다고 한다. 그는 너무나 무서워서 사람들을 부르러 보니파시오로 가기 위해 자기의 배가 있는 곳으로 달려갔다.

긴 이야기를 하느라 지친 목동은 주저앉았다. 그래서 선장이 다시 이야기를 계속했다.

"그래요. 우리에게 그 소식을 알리러 온 사람은 바로 가엾은 이 목동이었습니다. 너무나 겁에 질린 나머지 미친 사람 같더군요. 그리고 그 이후 그의 머리는 이상해지고 말았지요. 사실 그러고도 남을 거예요. 모래 밭에는 배의 판자 조각들과 찢어진 돛, 그리고 600명의 시체가 쌓여 있었으니까요. 비참한 세미앙트 호! 바다는 일격으로 배를 부수었던 것입니다. 배는 너무 심하게 부서져서 팔랑보가 자기 오두막 울타리에 쓸만한 것조차 찾을 수 없었다고 할 정도였으니까요. 시체들은 거의 모두 팔다리가 잘려서 무더기로 섞여 있었는데, 그 광경은 차마 눈뜨고는 볼 수 없었지요. 우리는 정장을 한 선장과 목에 스톨을 걸친 신부의 시체를 발견했답니다. 바위 사이에 있던 젊은 선원은 눈을 크게 뜨고 있어서 살아 있는 것처럼 보였지만, 산 사람은 한 명도 없었습니다."

여기에서 선장은 갑자기 이야기를 중단하고 소리쳤다.

"나르디, 불이 꺼지잖아! 조심해!"

나르디가 타르를 묻힌 판자 조각 두세 개를 불 속에 던지자 모닥불이 다시 활활 타올랐다. 리오네티 선장는 이야기를 계속했다.

"이 이야기 중에서 특히 비참한 사연은 이렇습니다. 그 사고가 일어나기 3주 전에 세미앙트 호처럼 크리미아로 가던 작은 군함 한 척이 거의 같은 장소에서 거의 같은 상황으로 난파되었습니다. 그런데 그때는 다행히 우리들이 달려가서 선원들과 함께 타고 있던 20명의 병사를 구출할 수 있었습니다. 우리는 그들을 보니파시오로 데리고 가서 이틀 동안 선원들이 숙소에서 머물도록 했습니다. 옷이 마르고 다시 기운을 되찾자 그들은 감사하다고 인사하고 툴롱으로 돌아갔습니다. 그리고 얼마 후에 그곳에서 다시 크리미아로 가는 배를 탔던 것입니다. 그 배가 바로 세미앙트 호였습니다. 우리는 20명 모두를 다른 시체들 틈에서 찾아 냈습니다. 나는 멋진 수염을 가진 훌륭한 청년을 안고 일어섰습니다. 파리 출신인 금발의 그 청년은 우리 집에서 묵었는데, 항상 재미있는 이야기로 우리 모두를 웃겼지요. 그 청년을 여기에서 봤을 때는 정말 내 가슴이 찢어지는 것 같았습니다. 아, 성모 마리아시여!"

리오네티 선장은 깊은 감회에 젖어 파이프의 재를 털더니, 나에게 잘 자라는 인사를 하고는 외투를 둘러쓰고 누웠다. 그러고 나서 잠시 동안 선원들은 낮은 목소리로 서로 이야기를 더 나누었다. 이윽고 하나 둘 담뱃불이 꺼지고 이야기 소리도 들리지 않았다. 늙은 목동은 돌아갔다. 선원들이 모두 잠든 후 나는 혼자 일어나서 공상에 잠겼다.

조금 전에 들은 이야기의 인상이 사라지기 전에 나는 갈매기만이 목격한 이 불행한 배의 최후를 다시 이야기로 꾸며 보기로 했다. 정장을 한 선장, 스톨을 한 신부, 20명의 병사 등 나의 마음을 끈 몇 가지 사항은 비극적인 최후를 짐작하는 데 많은 도움이 되었다. 나는 밤에 툴롱을 출발하는 군함을 떠올렸다. 배는 항구를 빠져 나오고, 바다의 파도와 바람은 매우 거칠었다. 그러나 선장을 믿었기 때문에 모두 안심하고 있었다.

아침이 되자, 바다에 안개가 자욱했다. 사람들은 불안에 싸이기 시작했다. 승무원들은 모두 갑판에 나와 있었다. 선장은 자기 자리를 떠나지 않고 지키고 있었으며, 병사들이 있는 선실은 어둡고 더워서 숨이 막힐 것 같았다. 어떤 사람은 병이 나서 배낭에 기대어 누워 있었다. 배는 앞뒤로 무섭게 흔들려 서 있을 수가 없었다. 사람들은 여기저기에 모여서 바닥에 앉은 채, 혹은 의자를 붙잡은 채 이야기를 했다. 소리쳐서 말해야만 겨우 알아들을 수 있었다. 겁에 질려서 얼굴이 하얗게 된 사람도 있었다. 어떤 병사가 '여러분, 이 해안에서는 배가 자주 난파된대요'라고 말했고, 그 말을 들은 병사들은 더욱 불안했다. 그때 파리 출신의 금발의 병사가 농담을 하였다.

"난파라고? 그건 별일도 아니야. 차가운 물 속에 잠깐 들어갔다 나오는 거야. 그리고 보니파시오의 리오네티 선장 집으로 가서 티티새 요리를 먹는 거야."

그의 말에 병사들이 한바탕 웃었다.

그런데 그때 갑자기 이상한 소리가 들려 왔다. 무엇인가 부서지는 것 같았다. 불길한 예감이 스쳤다.

"키여, 즐거운 여행을!"

상기된 얼굴로 금발의 병사가 농담을 했다. 그러나 더 이상 아무도 웃지 않았다. 갑판 위에서는 대소동이 벌어졌다. 안개 때문에 서로 얼굴도 볼 수 없었다. 선원들은 겁에 질려 손을 더듬으며 우왕좌왕했다.

키가 없기 때문에 배를 조종할 수도 없었다. 세미앙트 호는 항로를 벗어난 채 바람에 쓸려 질주하고 있었다. 세관원이 배를 본 것은 바로 그때였다. 11시 30분쯤 뱃머리 쪽에서 대포 같은 소리가 들려 왔다.

"암초다, 암초!"

배는 곧장 해안을 향해서 흘러갔다. 선장은 선실로 내려갔다가 잠시 뒤에 다시 갑판 위로 돌아왔다. 정장을 하고 최후를 맞이할 준비를 한 것이다.

선실에서는 불안한 병사들이 아무 말 없이 서로 얼굴만 바라보고 있었다. 병이 났던 사람은 일어나려고 애쓰고, 파리 출신 금발의 병사도 더 이상 농담을 하지 않았다. 그때 문이 열리면서 신부가 스톨을 입고 나타났다.

"여러분, 무릎을 꿇고 기도합시다!"

그리고 신부는 듣기 좋은 목소리로 마지막 기도를 시작했다.

갑자기 배가 무엇엔가 부딪쳤고, 사람들은 비명을 지르며 팔을 뻗어서 서로의 손을 움켜잡았다. 그리고 그들의 겁에 질린 눈 속으로 죽음의 그림자가 빛처럼 스치고 지나갔다.

나는 나뭇조각들이 널려 있는 속에서 비참한 배의 영혼을 10년 전 과거에서 불러 내는 공상을 하며 하룻밤을 지새웠다.

멀리 해협에서 폭풍우가 심하게 몰아치고 있었다. 모닥불은 거센 바람에 흔들거렸다. 나는 배를 매어 놓은 밧줄이 윙윙거리며 바위 아래에서 울고 있는 소리를 듣고 있었다.

치즈가 든 수프

비가 내린다. 위로 밀어올리는 들창으로 빗방울이 떨어져 내린다. 집 안 전체가 어둠과 비바람 속에 파묻혀 버린 것처럼 느껴지는 6층의 지붕 밑에 작은 방이 있다.

실내는 아늑하고 편안하여 안으로 들어서면 더할 수 없는 행복감을 느끼게 된다. 바람 소리와 주룩주룩 쏟아지는 빗소리에 더욱 그런 느낌이 가중된다. 마치 나무 꼭대기에 있는 따뜻한 둥지와 같다. 지금 그 둥지의 주인은 외출한 듯 비어 있다. 그러나 곧 돌아올 모양이다. 온 집 안이 그를 기다리고 있는 듯하다. 활활 타오르는 불에서 작은 냄비가 끓고 있다. 냄비도 퍽 길들은 것 같지만 이따금 기다림에 지친 냄비 뚜껑이 수증기에 뒤흔들려 달그락거린다. 그러면 구수한 수증기가 올라와서 온 방 가득 퍼진다.

아! 치즈가 든 수프의 기가 막힌 향기.

때때로 재에 덮여 있던 불이 화들짝 놀란 듯 모습을 드러낸다. 장작 사이로 작은 불꽃이 새어나와 방바닥과 마루 위를 비춘다. 모든 것이 제대로 정돈되어 있는가를 점검이라도 하는 듯하다.

아, 모든 것이 완벽하게 정돈되어 주인이 언제 돌아와도 편하도록 되어 있다. 전통 무늬 커튼이 창 앞에 드리워지고 침대 주위를 보기 좋게 덮고 있다. 난로 옆에는 커다란 소파가 놓여 있다. 구석의 식탁에는 세팅 준비가 끝나 있다. 언제라도 불을 켤 수 있도록 되어 있는 램프와 1인분의 식기, 그 식기 옆에는 고독한 식사의 친구가 될 책이 놓여 있다. 불에 그을린 냄비와 물에 씻겨 희미해진 접시의 꽃무늬처럼 책의 표지도 낡아 있다. 모든 것이 잘 길들여져 있고 약간 지친 듯하나 또한 다정한 느낌이다. 이 방의 주인은 매일 밤 몹시 늦게 돌아오는 듯하다. 그리고 이 간단한 식사가 보글보글 끓어서 그가 돌아올 때까지 방 안에 향기를 채우고 따뜻하게 해 주는 것을 즐기는 것 같다.

아! 치즈가 든 수프의 기가 막힌 향기.

깔끔한 방 안을 둘러보며 나는 한 샐러리맨을 상상한다. 근무 시간이 정확하고 책 등에 모두 부전지를 붙일 정도로 질서를 사랑하는, 치밀하고 완벽한 사람이다. 이렇게 귀가가 늦는 것을 보면 우체국이나 전화국에서 야근을 하고 있음에 틀림없다. 창살 너머에 있는 그가 여기서도 보이는 것 같다. 소매에 끼는 비단 토시에 비로드 모자를 쓴 채 편지를 고르고 소인을 찍고 전보의 푸른 용지를 꺼내어 잠자거나 놀고 있는 파리 사람들을 위해 내일의 일을 빈틈 없이 준비하고 있을 것이다.

그런데 그게 아니었다. 방 안을 자세히 살펴보니 난로의 희미한 불이 커다란 사진을 비추고 있다. 금박을 입힌 액자 속에 위엄 있는 아우구스티누스 황제와 마호메트 로마의 기사로 아르메니아의 총독이었던 펠릭스의 모습이 나타났다. 거기에는 왕관과 투구, 교황의 관, 터번, 그리고 이러한 각기 다른 모자 밑에 한결

같이 엄숙하고 반듯한 얼굴, 이집트의 주인 얼굴이 떠오른다. 행복해 보이는 얼굴이다. 그를 위해 향기 좋은 수프가 냄비에서 보글보글 끓고 있는 것이다.

아! 치즈가 든 수프의 기가 막힌 향기.

그는 우체국 직원이 아니다. 그는 황제이자 세계의 왕이며, 매일 밤 연극이 있는 날에는 오데옹 극장의 천장을 뒤흔들며 '위병들, 저자를 잡아라!'고 말하기만 하면 위병들이 즉시로 복종하는 사자 중의 한 사람이다. 지금 그는 강 건너 궁전에 있다. 장화를 신고 망토를 걸치고 회랑을 거닐며 외친다. 미간을 찌푸리며 비극적인 대사를 외우면서도 왠지 권태로워 보인다. 사실 빈 객석을 앞에 두고 연극을 한다는 것은 비참하다! 게다가 오데옹 극장의 객석은 비극이 상연되는 밤에는 유난히 크고 썰렁하게 느껴진다. 자줏빛 옷을 입고 추위에 떨던 황제는 갑자기 자기 몸 속에 뜨거운 것이 흐르는 것을 느낀다. 그러자 그의 눈은 빛나고 얼굴엔 생기가 돌기 시작했다. 그는 집에 돌아갈 것을 생각한 것이다.

방은 따뜻하고 식사 준비는 되어 있으며 램프도 켜기만 하면 된다. 무대에서의 약간 무질서한 점을 채우려는 듯 작은 방 안은 잘 정돈되어 있다. 냄비 뚜껑을 열고 꽃무늬 접시에 음식을 가득히……

아! 치즈가 든 수프의 기가 막힌 향기.

이렇게 생각한 순간부터 그는 지금까지와는 전혀 다른 사람처럼 변한다. 망토의 반듯한 자락, 대리석 층계, 회랑의 딱딱함도 이제는 전혀 고통스럽게 느껴지지 않는다. 그는 기운을 차리고 날렵하게 움직이고 줄거리의 전개를 서두른다. 생각해 보라! 집의 난로가 꺼져 가고 있는지도 모른다. 밤이 깊어 감에 따라 그가 그리는 환영은 다가와서 그에게 힘을 준다. 기적이다.

얼어붙은 오데옹 극장이 녹는다. 졸고 있던 객석의 단골 노인들은 정신이 들어 '마랑쿠르의 연기는 정말로 훌륭하다. 특히 마지막 장면은……' 하고 생각한다. 실제로 대단원이 시작되자 반역자를 죽이고 왕녀가 결혼을 한다는 대목에 이르러서는 황제의 얼굴은 무상의 행복과 알 수 없는 엄숙함을 나타낸다. 격심한 감동과 대사 때문에 식욕이 되살아나서 자기 집 작은 식탁에 앉은 것처럼 느껴져 흐뭇한 미소를 띤 채 신나로부터 맥심에게로 시선을 옮긴다. 치즈가 든 뜨거운 수프가 식탁에 올려지고, 아름다운 하얀 실 같은 치즈가 숟가락끝에 길게 늘어지는 것이 눈앞에 아른거린다.

《마지막 수업 *The Last Lesson*》 바로 읽기

삶의 아름다움과 진실을 노래한 작가

　서정적 시인의 섬세한 감수성과 작가로서의 풍부한 상상력, 그리고 사회와 역사를 바라보는 예리한 관찰력을 바탕으로 인간 세계의 아름다움과 슬픔을 드러낸 알퐁스 도데의 작품은 세계 문학사에서 높은 위치를 차지하고 있다.

　19세기 중반 프랑스 문단에 나타난 알퐁스 도데는 에밀 졸라, 공쿠르 형제, 모파상과 함께 자연주의 문학의 대표적인 작가이다. 19세기 프랑스는 1789년 일어난 프랑스 대혁명을 시작으로 1830년, 1848년 연속되는 혁명으로 인해 혼란과 폭풍의 시대였다. 급격한 산업화로 인해 물질적인 삶은 증대했지만, 계속되는 정치적 혼란으로 시민들의 삶은 불안했다. 물질적 가치에 대한 무조건적인 숭배로 황금 만능의 시대가 도래했고, 정신적 가치는 하락했다. 이러한 정치적·정신적 격동기를 배경으로 사실주의라는 새로운 문학사조가 등장했다. 발자크를 중심으로 하는 이 사조는 실패한 이상향 건설에 좌절하지 않고, 현실에서 도피하지 않으며, 사회의 개선을 위해 현실의 어두운 면까지도 있는 그대로 문학을 통해 조명하고자 했다. 그리고 사실주의를 넘어 객관적이고 과학적인 방법으로 현실의 재현이라는 이념을 좀더 극대화시키고자 한 것이 자연주의였다. 도데는 졸라와 함께 자연주의 문학 발전에 크게 기여한 작가이다.

도데는 예민한 감성으로 삶의 미세한 모습까지 포착해 보통 사람들의 이야기를 매우 서정적으로 그려 내었다. 그러면서도 그는 다른 자연주의 작가들과는 달리 서정적이고 환상적인 시인의 감성으로 일상 속에 내재한 꿈과 낭만의 무늬들을 아름답게 묘사한 작가이다. 이러한 도데 특유의 문학 세계는 특히 단편 소설을 통해 매우 탁월하게 이루어졌는데, 꿈과 환상, 유머와 풍자, 인생의 슬픔과 회한으로 채택된 그의 단편 소설은 프랑스뿐만 아니라 전세계의 독자에게 깊은 울림을 주고 있다.

불우한 삶에서 꽃핀 희망과 빛의 문학

알퐁스 도데(Alphonse Daudet)는 1840년 5월 13일 프랑스 남부 프로방스 지방의 님(Nimes)에서 태어났다. 이 해는 프랑스 자연주의 문학의 효시라 할 수 있는 대문호 에밀 졸라가 태어난 해이기도 했다. 이 두 사람은 훗날 우정을 나누는 문우(文友)로서 서로의 마음과 문학을 교감하게 된다.

도데의 아버지 뱅상 도데는 님에서 견직물 공장을 경영하고 있었는데, 프랑스 혁명의 격동기를 거치면서 차츰 가세가 기울어 알퐁스가 태어난 무렵에는 생활이 어려울 정도였다. 하지만 집안의 분위기는 매우 밝고 평화로워서 도데는 경제적 어려움 속에서도 평안하게 유년 시절을 보낼 수 있었다. 도데의 어머니 아드린은 온후한 성격에 책 읽기를 좋아하는 문학적 감수성이 뛰어난 여자였는데, 어린 시절 도데는 어머니로부터 가정 교육을 받으며 문학적으로 많은 영향을 받았다. 그리고 도데 위로 앙리와 에르네스트라는 두 명의 형이 있었는데, 매우 우애가 좋았다고 한다. 후에 누이동생이 태어났다. 게다가 도데가 태어난 프로방스 지방은 햇빛이 따뜻하고 공기가 맑은 자연 풍광이 좋은 곳이었다. 도데는 훗날 자전적 소설인 《꼬마》에서 이때를 '내 생애에서 유일하게 행복했던 시절'이었다고 술회하기도 했다. 이만큼 도데는 평생 동안 고향인 프로방스 지방에 대한 향수와 추억을 잊지 않았다. 그가 쓴 대부분의 작품 속에는 프로방스 지방에 대한 깊은 애정이 잘 묘사되어 있다.

그러나 이러한 평온한 분위기도 도데가 여덟 살이 되던 무렵에 이르러서는 끝이 나고 말았다. 아버지 공장이 두 번씩이나 불이 나는 등 불행이 겹쳐 일어났고, 또한 1848년 2월 혁명의 여파로 경제적 어려움이 더욱 커졌다. 결국 1849년 봄, 도데의 가족은 공장을 폐쇄하고 중부 프랑스의 리용(Lyon)으로 이사를 했다. 이렇게 해서 도데는 리용에서 아홉 살 이후 대부분의 소년 시절을 보내게 되었는데 경제적 어려움과 몸이 건강하지 못해 불우한 편이었다. 도데는 어머니를 닮아 태어나면서부터 몸이 약한 편이었는데, 리용으로 이사를 온 뒤로는 더욱 건강이 좋지 못했다. 고향의 따뜻한 풍광에 비해 잿빛 하늘에 안개가 많고 습한 리용의 날씨는 몸이 약한 도데에게 육체적으로나 정서적으로도 좋은 영향을 주지 못했다. 가정 형편이 어려웠던 이유도 있지만 건강이 좋지 못했기 때문에 도데는 학교에 진학하지 못하고 한동안 집에서 어머니로부터 교육을 받았다.

이후 건강은 어느 정도 좋아졌지만, 여전히 집안 형편이 어려웠기 때문에 도데는 제대로 된 교육 기관에 다니지 못하고 교회의 성가대 양성소에서 초등 교육을 받았다. 그리고 열 살 무렵에 도데는 아버지 친구의 도움으로 리용에 있는 관립 중학교에 학비 전액을 면제받는 장학생으로 입학할 수 있었다. 이때부터 문학에 관심을 갖기 시작해 학교 문예지에 습작시와 소설을 발표했다. 도데는 어린 시절부터 어머니의 영향으로 많은 책을 읽었는데, 이때에 비로소 그 상상력의 나래를 마음껏 펴게 되었던 것이다. 그러나 열다섯 살이 되던 1855년에 아버지의 사업이 완전히 파산하는 바람에 대학 진학의 꿈을 버리고, 학업을 중단할 수밖에 없었다. 또한 이 무렵에 큰형 앙리가 젊은 나이에 세상을 떠나는 불행을 겪기도 했다. 도데의 가족은 집을 잃고 뿔뿔이 흩어지는 아픔을 견뎌야 했다. 아버지는 포도주 회사의 외판원이 되었고, 어머니와 누이동생은 친척집 신세를 져야 했다. 그리고 둘째형인 에르네스트는 혼자 파리로 가서 점원으로 취직했다. 다행히도 도데는 친척의 주선으로 아레에 있는 공립 중학교에 자습 감독 교사로 들어가게 되어, 부족한 학업을 계속할 수 있었다.

하지만 아레에서의 생활은 그다지 좋은 것은 아니었다. 일반 교사보다 못한 대우를 받으며 자기와 비슷한 또래의 학생들을 가르쳐야 했으며, 낮에는 무덥고 밤에는 추운 일기 때문에 고통스러웠다. 사랑하는 가족과 헤어진 아픔, 그리고 현실의 절망 속에서 고통스러워하며 자살까지 생각했던 2년여의 세월을 견뎌냈고, 다행히 형의 도움으로 그 고통은 끝이 날 수 있었다. 1857년 도데는 파리에서 자리를 잡은 형 에르네스트의 편지를 받고 파리로 가게 되었다. 이후 도데는 30여 년 간 파리에 머물며 창작 활동을 계속하게 되는데, 이 기간 동안의 삶과 문학 여정에 대해서는 1888년에 발표한 수필집 《파리의 30년》에 잘 나타나 있다.

　도데는 파리에 머물면서 본격적인 창작의 길로 들어섰다. 그러나 파리에서의 생활도 그다지 순탄하지는 않았다. 형 에르네스트는 당시 신문사에 근무하고 있었는데, 얼마 안 있어 신문사가 도산하는 바람에 실직자가 되고 말았다. 그 때문에 도데 형제는 굶주림과 추위로 고통스러운 생활을 했다. 하지만 그러한 시련도 도데의 문학에 대한 열정을 막지는 못했다. 오히려 고통의 정도가 가중될수록 문학에 대한 도데의 열정은 더욱 뜨거워져만 갔다. 도데의 형인 에르네스트 역시 문학에 관심이 많았는데, 형제는 파리의 작은 아파트에 함께 살면서 서로를 격려하며 문학 공부에 전념했다. 도데는 어렸을 때부터 형과 사이가 좋았는데, 나이가 들어서도 두 사람의 우애는 변함이 없었다.

　1858년에는 처녀 시집인 《사랑하는 여인들 *Les Amouseuses*》을 출간했다. 처음 시집을 출간하려 했을 때는 여러 출판사들이 거절을 하였다. 도데가 문단에 알려지지 않은 무명이었기 때문이었다. 다행히도 평소에 친분이 있던 타르뒤라는 서점의 주인 도움으로 어렵게 시집을 낼 수 있었다. 그리고 맑고 투명한 도데 특유의 서정적인 분위기가 가득한 이 시집은 출간되고 얼마 안 있어 프랑스 문단의 주목을 받았다. 특히 이 시집은 나폴레옹 3세의 황후 으제니에게 깊은 감명을 주었는데, 황후는 도데의 어려운 사정을 알고는 당시 프랑스 입법의회 의장으로서 문학 애호가이기도 했던 모르니 공작에게 소개를 해 주었다. 모르니 공작 역시 도데의 재능을 간파하고는 곧 비서로 채용하였다. 1860년에 찾아온 뜻밖의 행운이었다. 이것을 계기로 도데는 경제적으로 생활이 안정되어 문학에 더욱 전념할 수 있게 되었다.

이 무렵에 도데는 또 한 명의 좋은 친구를 만나게 되었다. 그는 도데와 같은 남프랑스 프로방스 출신으로서 시인 프레데릭 미스트랄이었다. 파리에서 미스트랄을 처음 만났던 도데는 이후 그의 정열적인 삶과 문학에 깊이 매료되어 평생 친교를 맺게 된다. 또한 도데는 여러 문예 살롱을 드나들며 미스트랄 외에도 많은 문인, 예술가들과 친교를 맺으며 문학의 폭을 넓혀 갔다. 이후 도데는 시(詩)보다는 희곡에 관심을 갖고 몇 년 동안 여러 편의 희곡을 발표했다. 파리라는 산업화된 도시 속에서 살면서 좀더 현실 세계에 대한 냉철한 관심을 기울이게 되었던 것이다. 이 무렵에 발표한 대표적인 희곡으로는 《최후의 우상》(1862년), 《부재자》(1863년), 《하얀 카네이션》(1865년) 등이 있다.

1861년 도데는 건강이 나빠져서 북아프리카의 알제리로 요양을 떠났다. 요양이라고는 하지만 도데는 알제리의 여러 곳을 여행하면서 도시 생활에 지친 그의 몸과 마음을 정화시켰다. 이 알제리에서의 체험은 훗날 단편집 《풍차 방앗간 편지》에 수록된 단편 소설들과 장편 연작 '타르타랭 3부작' 중 제1부에 해당하는 《타라스콩의 타르타랭》에 영감을 주었다. 3개월 정도 알제리를 여행하던 도데는 그의 최초의 희곡인 《최후의 우상》 공연을 보기 위해 다시 파리로 돌아왔다. 그러나 얼마 안 있어 도데는 다시 파리를 떠나 코르시카와 사르디니아 등 프랑스 남부 지방으로 여행을 다녔다. 특히 프로방스 지방의 아를리 근처에 있는 시골 마을에서는 한 풍차 방앗간을 빌어 한동안 요양을 하기도 했다. 도데는 이곳에서 요양을 하면서 새로운 마음가짐으로 창작에 열정을 다했는데, 이 시기부터 그는 시나 희곡보다는 주로 단편 소설을 쓰기 시작했다. 특히 1866년부터 「레베느망」과 「피가로」 지에 〈남프랑스의 소식〉이란 제목으로 단편 소설을 발표했다. 이 무렵에 쓴 작품들은 훗날 출간되어 유명하게 된 단편집 《풍차 방앗간 편지》에 실리게 된다.

1865년에 도데의 후원자였던 모르니 공작이 병으로 사망하고 말았다. 도데는 자신의 문학을 이해하고 좋아하는 사람과 함께 직업도 잃게 되었다. 하지만 이 무렵에 도데는 작가로서 어느 정도 명성을 얻고 있었기 때문에 경제적으로는 그다지 곤란을 받지 않고 창작에만 열중할 수 있었다.

1867년 도데는 줄리아 알라르(Julia Allard)와 결혼했다. 도데에게 있어 이 결혼은 커다란 행운이었다. 줄리아는 문학에 깊은 이해를 가지고 재능도 있는 여성이었기 때문에 이후 도데의 문학 활동에 많은 도움을 주었다. 또한 줄리아는 경제적으로 넉넉한 집안의 딸이었기 때문에 경제적인 걱정 없이 오로지 문학에만 전념할 수 있도록 해 주었다. 줄리아는 예술가의 아내로서 가장 이상적인 여자였다. 도데는 새로운 후원자를 얻게 되었던 것이다. 도데는 아내에게 자신이 요양을 위해서 머물었던 풍차 방앗간을 보여 주기 위해 프로방스 지방으로 신혼 여행을 갈 정도로 풍차 방앗간에서의 생활이 깊은 추억으로 간직되어 있었다.

결혼한 다음 해인 1868년에 도데는 자신의 어린 시절을 그린 자전적 소설인 장편 《꼬마 *Le petit Chose*》를 출간하여 문단의 주목을 받았다. 이 작품에는 작가로서 성공하기까지 도데의 노력과 어려움이 매우 사실적으로 그려져 있다. 그리고 이어서 프로방스의 물방앗간에 머물며 주로 썼던 작품들을 묶은 단편집 《풍차 방앗간 편지 *Les lettres de men Moulin*》(1869년)를 출간했는데, 이 작품집의 성공으로 그는 일약 문단의 각광을 받는 작가로

부상했다.

도데의 최대 걸작이라고 찬사를 받기도 하는 《풍차 방앗간 편지》에는 주로 남프랑스 지방을 중심으로 코르시카, 알제리 등을 배경으로 하여 쓴 단편 소설 24편이 수록되어 있다. 남프랑스의 화사한 자연을 배경으로 도데의 소박하면서도 따뜻한 문장이 읽는이의 가슴에 잔잔한 감동을 불러일으켜 주는 이 작품은 세계적으로도 널리 알려졌을 뿐만 아니라 우리 나라 독자들에게도 많은 사랑을 받고 있다.

순수한 소년의 사랑이 목가적이면서도 낭만적인 서정 속에서 넘실대는 아름다운 이야기 〈별〉을 비롯해 풍차 방앗간에 대한 애절한 사랑을 통해 사라져 가는 고향 마을에 대한 향수를 담은 〈코르뉴 할아버지의 비밀〉, 유머러스하면서도 쓸쓸한 삶의 무상함을 다룬 〈고세 수도사의 불로장생주〉, 남프랑스의 순진한 청년 장의 슬픈 사랑을 그린 〈아를의 여인〉, 풍자와 해학을 곁들인 〈스갱 씨의 염소〉와 〈퀴퀴니앙의 신부〉, 그리고 남프랑스의 소박한 마을의 평화스러운 정경을 배경으로 수도원에서 쓸쓸한 노년을 보내고 있는 노인들의 순박함을 그린 〈노인들〉 등 그야말로 주옥 같은 작품들은 도데의 문명(文名)을 세계에 알리는 아름다운 전령(傳令)이 되고 있다.

도데가 서른 살이 되던 1870년에 프랑스와 독일 사이에 전쟁이 일어났다. 도데는 심한 근시로 인해 병역에서 면제되었으나, 조국의 위험 앞에서 가만히 있을 수만은 없었다. 그는 청년 유격대 대원으로 자원해 종군했다. 하지만 프랑스는 독일에게 패하고 수도 파리에 독일군들이 입성했다. 그리고 그 혼란의 와중에서 파리 코뮌이 일어나 많은 사상자를 내기도 했다. 도데는 이 역사적 소용돌이의 중심에 서서 비참하게 죽어 가는 사람들의 모습을 직접 보며, 자신의 삶뿐만 아니라 문학에 있어서도 보다 진지한 성찰을 하게 되었다. 이때의 절절한 체험은 단편집 《부재자에의 편지》(1871년)와 《월요일 이야기》(1873년)에 수록된 작품들에서 빛을 발하게 된다.

1872년에는 도데가 심혈을 기울여 계획한 '타르타랭(Tartarin) 3부작' 중의 제1부에 해당하는 《타라스콩의 타르타랭 *Tartarin de Tarascon*》을 출간하였다. '타르타랭' 시리즈는 세르반테스의 《돈 키호테》를 연상케 하는 해학적인 작품으로써 도데의 풍부한 유머와 풍자 정신을 느낄 수 있다. '타르타랭'이란 인물은 도데의 고향인 프로방스 지방의 전형적인 인물로서 말이 많고 해학적이지만, 정의를 중요하게 생각하고 잘난 척하는 사람들을 비웃고 삶의 진실이 무엇인지 알고 있다. 도데는 이러한 주인공의 희화한 모험담을 통해 세상의 모순과 부조리를 비웃고 이면에 숨겨진 진실을 밝혀 내고 있다. '타라스콩'은 론 강가에 있는 남프랑스의 조그만 도시인데, 이 도시가 작품의 무대가 된 것은 고향에 대한 도데의 애착 때문이었다. 파리라는 대도시에 나와 작가로서 성공을 한 도데였지만, 그가 태어나고 자랐던 고향에 대한 애착은 평생토록 지속되었다.

이 해에 도데는 희곡에도 손을 대 보드빌 극장의 청탁으로 자신의 소설 《아를의 여인 *L'arlesienne*》(1872년)을 3막 희곡으로 각색하여 무대에 올리기도 했다. 이 작품은 후에 오페라 작곡가인 비제에 의해 악곡이 붙여져 현재에도 찬사 속에 공연되고 있다. 하지만 처음 무대에 올려졌을 당시에는 크게 실패하여, 한때 도데는 작가로서의 생활까지 단념하려는 고민에 빠지기도 했다. 그러나 아내 줄리아의 격려로 그는 다시 창작에 전념하였다. 서른이 넘은 도데는 이제 현실 사회에 대한 깊은 안목과 온갖 체험을 바탕으로 청춘 시대의 낭만적인 감상을 넘어서 삶의 내면에 숨겨진 진실을 밝히는 작품을 쓰게 되었다. 그는 빅토르 위고를 비롯해 자연주의 문학의 대가들인 에드몽 드 공쿠르, 졸라, 그리고 러시아의 문호 투르게네프 등과 친교를 맺으며 문학의 정진에 힘썼다.

1873년 도데는 보불전쟁 당시의 죽음을 넘나드는 체험과 파리 코뮌 등에서 취재한 것을 바탕으로 쓴 단편들을 수록한 작품집 《월요일 이야기 *Contes du Lundi*》를 출간했다. 보다 더 원숙해진 도데의 문학 세계를 엿볼 수 있는 이 단편집은 2부로 나뉘어져 있는데, '환상과 이야기'라는 제목이 붙은 제1부에는 주로 1870년에 일어난 보불전쟁과 이듬해의 파리 코뮌에서 취재한 26편의 단편이 수록되어 있다. 그리고 '공상과 추억'이라는 제목이 붙은 제2부에는 조국에 대한 사랑과 고향에 대한 향수를 그린 15편의 소설이 수록되어 있다. 작품성과 인기에 있어 《풍차 방앗간 편지》와 쌍벽을 이루는 이 작품집에는 시적인 감성과 유머가 넘실대면서도 진한 휴머니티가 가슴을 울리는 명작 단편들이 다수 수록되어 있다. 특히 수록된 작품 중에서 기억할 만한 것은 〈마지막 수업〉인데, 이 소설은 도데의 대표적인 작품으로서 어린아이의 눈을 통해 조국에 대한 그의 사랑을 매우 절절하게 드러낸 명작이다. 또한 이 작품집에는 〈당구〉, 〈소년 스파이〉, 〈어머니들〉, 〈파리의 농민〉, 〈전초 기지에서〉, 〈타라스콩의 방어〉, 〈나룻배〉, 〈쇼팽의 죽음〉 등 전쟁의 비참함과 인생의 무상함, 그리고 이웃에 대한 사랑 등을 그린 명작들이 실려 있다. 이 작품집의 성공으로 단편 작가로서 도데의 명성은 더욱 높아만 갔다.

단편 소설의 성공으로 유명하게 된 도데는 1874년 또 다른 단편집 《예술가의 아내 *Les femmes d'artistes*》를 출간했다. 주로 예술가인 남편과 평범한 아내와의 사랑과 갈등을 그리고 있는 12편의 단편 소설로 이루어진 이 단편집은 예술가의 결혼 생활이 매우 어렵고 애증으로 가득 차 있음을 이야기하고 있다. 예술을 이해하지 못하고 무지한 아내로부터 고통을 받는 시인의 이야기를 그린 〈티베르 강 건너의 여자〉, 보헤미아 출신의 아내와 그 아내를 닮은 네 딸과 함께 살면서 예술에 대한 의욕을 잃어가는 조각가의 삶을 다룬 〈가정 속의 보헤미아 여자〉, 조각가의 아내가 된 순진한 여자의 이야기를 편지 형식으로 묘사한 〈노트르담 데 상 거리에서 주운 어떤 여자의 편지 조각〉, 어떤 위대한 작곡가의 미망인과 젊고 부유하나 무명인 음악가의 재혼을 통해 색다른 부부생활을 유머러스하게 제시한 〈위대한 작곡가의 미망인〉 등이 이 단편집을 빛내 주고 있다.

1874년 도데는 작가로서 그의 명성을 더욱 드높이게 해 준 《아우 프로몽과 형 리슬레 *formont jeune et Risler aîné*》를 출간했다. 산업화된 대도시 파리를 중심으로 현대 산업 사회의 풍속을 그린 이 소설은 서정적이고 낭만적인 문학 세계를 넘어서 냉철한 사실주의의 세계로 나아간 도데의 대표적인 작품이다. 인간의 삶에 대한 동정심은 여전히 스며 있지만, 애절한 감상성에서는 벗어나 있는 이 작품은 현실의 풍속을 있는 그대로 예리하게 관찰하고 있다. 도데는 이 작품으로 아카데미 프랑세즈 상을 수상하게 되었으며, 프랑스 문단의 대표적인 작가로 확고한 위치를 차지하게 되었다. 그러나 이와 함께 개인적인 불행도 겪어야 했다. 1875년 아버지가 68세로 세상을 떠났고, 이어서 1882년에는 도데에게 많은 사랑을 주었던 어머니마저 세상을 떠나고 말았다. 도데의 슬픔은 매우 컸지만, 가족과의 영원한 헤어짐이라는 아픔을 통해 도데는 인생에 대해 더욱 깊은 사유를 하게 되었고, 문학 작품을 통해 원숙한 모습으로 반영되었다.

《아우 프로몽과 형 리슬레》 이후 약 10년간 도데는 사회의 이면을 예리하게 드러낸 사실주의적 경향의 원숙한 소설을 여러 편 발표했다. 그 중에서도 파리를 배경으로 한 풍속 장편으로 조르주 상드에게 격찬을 받았던 《자크 *Jack*》(1876년)를 비롯하여 모르니 공작의 실제 삶을 바탕으로 정치와 경제계의 이면을 그린 《나바브 *Le Nabab*》(1877년), 남프랑스 지방을 무대로 친구 강베타의 정치적 삶을 묘사한 《뉘마 루메스탕 *Numa Roumestan*》(1881년), 광신자의 잘못된 삶을 그린 《전도사 *L'Evungéliste*》(1883년), 파리의 화려한 사교계를 배경으로 방랑하는 예술가의 삶을 다룬 《사포 *Sapho*》(1884년) 등은 도데의 후기 사실주의 문학을 대표하는 작품들이다.

1885년에 도데는 '타르타랭 3부작' 중에서 제2부에 해당하는 《알프스의 타르타랭 *Tartarin sur les Alpes*》을 출간했다. 스위스의 융프라우와 몽블랑 산을 배경으로 인간의 헛된 욕망과 어리석은 집착을 풍자하고 있는 이 작품은 1881년과 1884년에 있었던 스위스 여행의 산물이다.

이 작품의 성공으로 처음 출간 당시는 별로 인정을 받지 못했던 《타라스콩의 타르타랭》도 새롭게 조명을 받게 되었으며, '타르타랭'이라는 주인공의 이름은 도데 문학을 대표하는 전형적인 이름으로 유명해지게 되었다. 실제로 '타르타랭'은 도데의 작품

주인공 가운데 가장 잘 알려져 있는 이름이다.

이 무렵부터 악성 류머티즘이 발병해 사망할 때까지 그를 괴롭히는 지병이 되었다. 이 병은 후에 척수로 진단되었는데, 매독이 척수에 발생해 수족의 근육이 마비되어 움직일 수 없게 되는 병이었다. 병으로 인한 육체적 고통과 정신적 번뇌는 죽은 뒤에 간행된 수필집 《고통》에 잘 나타나 있다. 이 병으로 인해 도데는 1888년부터는 제대로 걷지도, 움직이지도 못하는 고통을 겪었는데, 이러한 육체적인 불편 속에서도 '타르타랭 3부작'의 마지막에 해당하는 《타라스콩 항구》(1890년)와 《로즈와 니네트》(1892년), 《아를라탱의 보물》(1897년), 그리고 희곡 《거짓말하는 여자》(1892년) 등의 작품을 꾸준히 창작했다. 《타라스콩 항구》에서 주인공 타르타랭은 쓸쓸하게 죽음을 맞이하게 되는데, 도데 문학의 분신이라 할 타르타랭의 죽음은 병으로 고통받던 도데가 스스로의 삶 역시 얼마 남지 않았음을 자각하고 있었음을 알 수 있다.

도데는 만년에 《파리의 30년 *Trente ans de Paris : Souvenirs d'un homme de lettres*》(1888년), 《어느 문인의 회상》 등의 수필집을 출간했다. 이들 수필집은 그가 열일곱 살 때에 형 에르네스트의 도움으로 파리에 온 이후 30년간에 걸친 파리 생활을 회고적으로 기록하고 있다. 당시의 시대 상황이나 《타라스콩의 타르타랭》, 《풍차 방앗간 편지》, 《자크》 등 자신의 작품에 대한 자평(自評), 남프랑스의 시인 미스트랄을 비롯해 에드몽 드 공쿠르, 플로베르, 졸라, 투르게네프 등 당대의 문인들과의 친교 관계, 그리고 당시 문단의 여러 모습들에 대한 회고가 기술되어 있는 이 수필집은 도데의 생애와 문학 세계를 이해하는 데 매우 중요한 자료가 되고 있다.

　도데의 만년은 지병으로 인해 육체적으로는 괴로웠지만, 정신
적으로는 행복한 편이었다. 작가로서의 그의 명성은 프랑스뿐만
아니라 전세계적으로 높은 인정을 받았다. 그는 동시대의 유명한
작가인 플로베르, 졸라, 그리고 러시아의 투르게네프 등과 친교를
맺으며 자신의 문학을 완성해 나갔다. 선량한 인품에 따뜻한 심
성을 가졌던 그의 주변에는 언제나 좋은 친구들이 많았다. 그리
고 평생 좋은 협력자였던 아내 줄리아의 사랑과 보살핌 속에서
그의 문학만큼이나 따뜻하고 서정적인 인생의 만년을 보냈다. 그
의 죽음은 57세의 겨울날 갑자기 다가왔다. 1897년 12월 16일, 저
녁 식사를 하던 도중에 쓰러져 더 이상 일어나지 못하고 숨을 거
두고 말았다.

　깊은 울림의 문학 세계
　알퐁스 도데는 프랑스 자연주의 사조가 유행하던 시대에 작품
활동을 시작했기 때문에 그러한 영향 속에서 크게 벗어날 수 없
었다. 그러나 그가 지니고 있는 인간에 대한 한없는 애정, 남프랑
스인 특유의 쾌활하고 유머가 넘치는 감성, 삶에 대한 긍정적인
시선, 그리고 꿈과 환상의 시정(詩情)은 그를 단지 냉정하고 과학
적인 태도로 삶을 모방하고 재현하는 자연주의 작가에 머무르지
않게 했다. 그는 날카로운 관찰력과 객관적인 사유로 인간 세계
를 고통에 빠뜨리는 모순과 부조리를 외면하지 않았다. 그러면서
도 그의 문학의 또 다른 한쪽을 차지하고 있는 섬세한 감수성과
낭만적인 시정을 바탕으로 삶에 내재해 있는 아름다움과 밝음의
모습을 밝혀 냈다. 그는 아프고 슬픈 인생의 고통 속에서도 언제
나 환한 희망의 시대와 그 희망을 이루어 낼 사람들의 작은 사랑

과 웃음, 눈물을 잊지 않았다.

도데가 창조해 낸 많은 아름다운 이야기 중에 우리에게 가장 잘 알려진 작품은 단편집 《풍차 방앗간 편지》와 《월요일 이야기》에 수록된 작품들이다. 도데의 이름을 세계에 알린 대표작인 이 두 단편집은 모두 주옥같은 작품들로 이루어져 있다는 공통점이 있지만, 그 창작 배경과 내용에 있어 차이를 지니고 있다.

먼저 1869년에 출간된 《풍차 방앗간 편지》는 시적인 서정과 낭만으로 특징되는 도데의 청춘 시대 대표작이다. 시(詩)로 문단 데뷔를 한 도데는 이 작품집에서 고향인 남프랑스 프로방스 지방의 화사한 자연과 풍물을 배경으로 젊은이의 사랑과 인생의 희로애락에 대해서 애틋하고 아름답게, 때로는 슬프고 따스하게, 때로는 신비하고 유머러스하게 그려 냈다. 삶의 모든 것에 열정으로 가득 차 있던 도데는 이 단편집에서 자신의 가슴 속에 충만한 시정(詩情)을 마음껏 발산했다. 도데는 자신의 고향인 프로방스 지방에 대한 애착을 평생 지니고 살았는데, 이 단편집에서 특히 그러한 애착이 짙게 나타나 있다. 작가로서 성공하기 위해 고향을 떠나 파리라는 대도시로 온 도데였지만, 삭막한 도시에서의 삶은 도데의 문학적 감수성을 억눌렀다.

도데는 요양을 기회로 프로방스 여러 곳으로 여행을 다니며 어린 시절 고향에서 누렸던 상상의 나래를 다시 펼 수 있었다. 그리고 그 자유로운 상상의 산물이 바로 《풍차 방앗간 편지》였다. 이 작품집에 수록된 소설들은 바로 고향인 프로방스 지방에 대한 사랑의 노래인 것이다. 특히 뤼브롱 산의 목동에 대한 아련한 사랑 이야기를 그린 〈별〉은 고향에 대한 향수와 젊은 열정을 한 폭의 수채화처럼 묘사한 아름다운 작품이다. 아무도 찾아 주는 이 없이 매일매일을 개와 양 떼들과 어울려 혼자 지내는 목동. 어느 날 사모하던 주인집 딸 스테파네트 아가씨가 찾아오게 되고, 두 사람은 하룻밤을 같이 지내게 된다. 별이 아름답게 빛나는 여름 밤, 소년은 아가씨에게 별자리의 전설을 들려주며 행복해하고, 아가씨는 소년의 어깨에 기대어 살며시 잠이 든다. 세상의 티 한 점 없이 순백한 소년의 사랑은 별자리의 전설처럼 오늘날에도 많은 사랑하는 연인들의 마음 속에 울려 퍼지고 있다.

《풍차 방앗간 편지》에서 불려졌던 고향에 대한 사랑의 노래는 《월요일 이야기》에서는 조국 프랑스에 대한 사랑의 노래로 바뀐다. 1873년에 출간된 이 단편집은 이제 서른이 넘은 원숙한 나이로 보다 진지하게 인생을 통찰할 수 있게 된 도데의 성년 시대 대표작이다. 1870년 도데는 보불전쟁과 파리 코뮌에 참전하게 되는데, 이때의 죽음을 넘나드는 체험을 통해 도데는 현실 사회에 대한 새로운 시각을 갖게 되었다. 이제 단순히 문학청년 시절의 낭만과 열정만으로 세상을 바라보는 것이 아니라, 냉철함과 비판적인 시선으로 세상의 이면에 숨겨진 부조리와 모순, 그리고 진실의 실제 모습을 꿰뚫게 되었던 것이다.

이 단편집에 수록된 작품들 중에서 〈마지막 수업〉은 보다 성숙해진 도데의 문학 세계를 집약해 보여 주는 대표작이다. 이 소설의 무대는 프랑스 북부에 있는 알자스 지방이다. 독일과의 국경에 접해 있는 이 지방은 예부터 독일과의 분쟁이 많았던 지역이다. 보불전쟁이 일어나고 곧 독일군이 쳐들어 올 상황에 처해 있는 알자스 지방의 한 작은 학교를 무대로 도데는 조국에 대한 사랑과 프랑스 어의 아름다움, 그리고 전쟁의 폐해에 대해 잔잔히 전하고 있다. 도데는 무게 있는 주제를 다루고 있는 이 작품에서도 특유의 서정적인 분위기를 잃지 않았는데, 이것은 특히 주인공인 어린 소년의 티없는 마음을 묘사할 때에 잘 나타난다. 학교 공부에 관심이 없고 놀기를 좋아하던 주인공 소년이지만 프랑스 어 수업의 마지막 날이라는 선생님의 슬픈 목소리를 듣고는 후회를 하게 된다. 도데는 전쟁이라는 인간 세계의 최대 비극을 그리면서도 정치적이고 사회적인 메시지를 직접적으로 전달하는 것이 아니라 소년의 맑은 심성을 통해 호소함으로써 전쟁의 폐해를 더욱 설득력 있게 알렸던 것이다.

어린 시절에 겪었던 극심한 가난과 외로움, 만년에 겪었던 육체적 고통은 한 인간이자 작가로서 도데의 의지와 신념을 위협했지만, 도데는 그러한 삶의 시험에서 결코 절망하여 주저앉거나 포기하지 않았다. 그의 훌륭한 작품들은 인생의 고뇌를 불굴의 의지로 견디고 얻어 낸 노력의 산물이었다. 그리고 그는 자신의 인생뿐만 아니라 세상의 모든 약한 자들의 인생에 희망을 주기 위해 노력했다. 역사를 가지지 못한 민중의 역사를 쓰는 것이 작가로서 자신의 본분이고 책임이라고 말했듯이, 인간 사랑과 인류에 대한 애정이야말로 도데 문학의 본질적인 힘이며, 또한 그의 문학 작품을 영원하게 하는 신비인 것이다.

사실적이면서도 서정적이고 낭만적인 묘사, 자연과 인생에 대한 관조의 태도, 맑고 투명한 서정적 문체, 그리고 인생의 무상함을 이야기하면서도 밝은 미래를 암시하고, 눈물 속에서도 웃음과 희망을 잃지 않은 도데의 문학 세계는 어둠으로 가득 찬 현실 세계에 빛을 비추며 아직까지도 세계의 많은 사람들에게 희망의 불꽃으로 남아 있다.

알퐁스 도데 연보

1840년 5월 13일, 프랑스 남부 프로방스 지방의 님에서 태어남.
도데 외에도 앙리와 에르네스트라는 두 명의 형이 있었
고, 후에 누이동생이 태어남. 어머니로부터 라틴 어와
독일어를 배움. 경제적으로 어려웠지만 대체로 평온한
어린 시절을 보냄. 선천적으로 몸이 약한 편이었음.

1849년(9세) 봄, 아버지의 사업이 더욱 어려워져 온 가족이 중부
프랑스의 리용으로 이사를 함. 집안 형편이 어려웠기
때문에 제대로 된 교육 기관에 다니지 못하고 교회의
성가대 양성소에서 초등 교육을 받음.

1850년(10세) 아버지 친구의 도움으로 리용에 있는 관립 중학교
에 학비 전액을 면제받는 장학생으로 입학함. 학교 성
적은 우수했고, 이때부터 문학에 관심을 갖기 시작함.

1855년(15세) 아버지의 사업이 완전히 파산하는 바람에 대학 진
학의 꿈을 버리고 학업을 중단함. 이 무렵에 큰형 앙리
가 젊은 나이에 사망함. 도데의 가족은 집을 잃고 뿔뿔
이 흩어짐. 도데는 친척의 주선으로 아래에 있는 공립

중학교에 자습 감독 교사로 들어가게 됨.

1857년(17세) 11월, 아레에서의 자습 감독 교사직을 그만두고, 파리에 있는 형 에르네스트에게로 가서 본격적인 문학 수업을 시작함.

1858년(18세) 타르뒤라는 서점의 주인 도움으로 처녀 시집인 《사랑하는 여인들 Les Amouseuses》을 출간함. 이 시집으로 문단의 주목을 받게 됨.

1859년(19세) 파리에 온 프로방스 출신의 시인 프레데릭 미스트랄과 만나 친교를 맺음. 이후 평생 동안 우정을 나눔. 여러 문예 살롱을 드나들며 미스트랄 외에도 많은 문인, 예술가들과 친교를 맺으며 문학의 폭을 넓힘. 형 에르네스트가 남프랑스 아르데쉬에 있는 신문사에 근무하게 되어, 파리에서 혼자 생활하게 됨.

1860년(20세) 시집 《사랑하는 여인들》에 감명을 받은 나폴레옹 3세의 황후 으제니의 소개로 당시 프랑스 입법의회 의장이며 문학 애호가이기도 했던 모르니 공작의 비서로 취직됨.

1861년(21세) 두 번째 시집 《이중의 개심》을 출간함. 12월, 폐병을 앓는 등 건강이 나빠져서 북아프리카의 알제리로 요양을 떠남.

1862년(22세) 2월, 에르네스트 레핀과 함께 쓴 최초의 희곡 〈최후의 우상〉이 파리 오데옹 극장에서 상연됨. 연극을 보기 위해 파리로 돌아옴. 다시 파리를 떠나 코르시카와 사르디니아 등 프랑스 남부 지방으로 여행을 다님.

1863년(23세) 단막 희가극 〈부재자〉를 씀. 다음 해 오페라 코믹 극장에서 상연됨.

1864년(24세) 형이 다시 파리로 돌아옴. 고향에 있는 가족을 불러 파리에서 함께 살게 됨.

1865년(25세) 3월, 후원자였던 모르니 공작이 병으로 사망함. 이로 인해 직업을 잃게 되었지만, 이미 작가로서 어느 정도 명성을 얻고 있었기 때문에 경제적으로는 그다지 곤란을 받지 않고 창작에만 열중함. 이 시기부터 시나 희곡보다는 주로 단편 소설을 쓰기 시작함. 4월, 희극 〈하얀 카네이션〉이 프랑스 극장에서 상연됨.

1866년(26세) 봄, 친구와 함께 프랑스 북부 알자스 지방과 스위스, 독일 등을 여행함. 8월부터 파리의 일간지인 「레베누망」과 「피가로」 지에 〈남프랑스의 소식〉이란 제목으로 연작 단편 소설을 발표함. 이 무렵에 쓴 작품들은 훗날 출간되어 유명하게 된 단편집 《풍차 방앗간 편지》에 실리게 됨.

1867년(27세) 1월, 줄리아 알라르(Julia Allard)와 결혼함. 줄리아는 문학에 깊은 이해를 지닌 여성이었기 때문에 이후 도데의 문학 활동에 많은 도움을 줌. 11월, 장남 레옹이 태어남. 단막극 〈형〉을 보드빌 극장에서 상연함.

1868년(28세) 자신의 어린 시절을 그린 자전적 소설인 장편 《꼬마 Le Petit Chose》를 출간하여 문단의 주목을 받음.

1869년(29세) 2월, 3막 희곡 〈희생〉이 보드빌 극장에서 상연됨. 단편집 《풍차 방앗간 편지 Les lettres de men Moulin》 (1869년)를 출간함.

1870년(30세) 프랑스와 독일 사이에 전쟁이 일어남. 심한 근시로

인해 병역에서 면제되었으나, 청년 유격대의 대원으로
자원해 종군함. 파리 동남 지구 경비대로 복무함.

1871년(31세) 프랑스는 독일에게 패하고 수도 파리에 독일군들이
입성함. 그 혼란의 와중에서 파리 코뮌이 일어나 많은
사상자를 냄. 이러한 체험을 바탕으로 현실 사회에 대
한 안목이 깊어짐. 이후 보다 진지한 문학 작품을 창작
하게 됨. 전쟁과 파리 코뮌의 체험을 담은 단편집 《부
재자에의 편지》를 출판함.

1872년(32세) 심혈을 기울여 계획한 '타르타랭(Tartarin) 3부작'
중에서 제1부에 해당하는 《타라스콩의 타르타랭 *Trartarin
de Tarascon*》을 출간함. 1월, 희곡 〈리즈 타베르니에〉가
상연됨. 자신의 소설 〈아를의 여인 *L'arlesienne*〉을 3막
희곡으로 각색하여 보드빌 극장에서 상연함. 이 작품은
후에 오페라 작곡가인 비제에 의해 악곡이 붙여져 유명
해짐. 하지만 처음 무대에 올려졌을 당시에는 크게 실패
함.

1873년(33세) 보불전쟁 당시의 죽음을 넘나드는 체험과 파리 코
뮌 등에서 취재한 것을 바탕으로 쓴 단편들을 수록한
작품집 《월요일 이야기 *Contes du Lundi*》를 출간함. 이
작품집의 성공으로 단편 작가로서의 명성이 더욱 높아
짐.

1874년(34세) 단편집 《예술가의 아내 *Les femmes d'artistes*》를
출간함. 작가로서 명성을 더욱 드높이게 해 준 《아우
프로몽과 형 리슬레 *formont jeune et Risler aîné*》를
출간함. 산업화된 대도시 파리를 중심으로 현대 산업

사회의 풍속을 그린 이 소설은 서정적이고 낭만적인 문
학 세계를 넘어서 냉철한 사실주의의 세계로 나아간 도
데의 대표적인 작품임. 이 작품으로 2년 뒤 아카데미
프랑세즈 상을 수상하게 되었으며, 프랑스 문단의 대표
적인 작가로 확고한 위치를 차지하게 됨. 플로베르의
저택에서 에드몽 드 공쿠르, 졸라, 투르게네프 등과 어
울리며 개인적 친교를 유지함.

1875년(35세) 3월, 아버지가 68세로 세상을 떠남. 가족과 함께 남
프랑스로 여행을 떠남.

1876년(36세) 파리를 배경으로 한 풍속 장편으로 조르주 상드에
게 격찬을 받았던 《자크 *Jack*》를 출간함.

1877년(37세) 모르니 공작의 실제 삶을 바탕으로 정치와 경제계
의 이면을 그린 《나바브 *Le Nabab*》를 출간함.

1878년(38세) 1월, 희곡 〈수레〉가 오페라 코믹 극장에서 상연됨.

1879년(39세) 장편 《유배의 왕들》을 출간함.

1881년(41세) 남프랑스 지방을 무대로 한 《뉘마 루메스탕 *Numa
Roumestan*》을 출간함.

1882년(42세) 어머니가 세상을 떠남. 친구인 정치가 간베타도 사
망함.

1883년(43세) 봄, 광신자의 잘못된 삶을 그린 장편 《전도사
L'Evungéliste》를 출간함. 차남 뤼시엥이 태어남.

1884년(44세) 파리의 화려한 사교계를 배경으로 방랑하는 예술가
의 삶을 다룬 《사포 *Sapho*》를 출판함. 이 무렵부터 악
성 류머티즘이 발병해 사망할 때까지 괴롭히는 지병이
됨. 이후 척수로라는 진단을 받음. 요양을 위해 스위스

로 여행을 떠남.

1885년(45세) '타르타랭 3부작' 중에서 제2부에 해당하는 《알프
스의 타르타랭 *Tartarin sur les Alpes*》을 출간함. 이 작
품의 성공으로 처음 출간 당시는 별로 인정을 받지 못
했던 《타라스콩의 타르타랭》도 새롭게 조명을 받게 됨.

1886년(46세) 의사의 권고에 따라 남프랑스 라마르로 요양을 감.
이때부터 사후에 간행된 수필집 《고통》을 쓰기 시작함.
장편 《나룻배 이야기》를 출간함.

1887년(47세) 2월, 5막 희곡 《뉘마 루메스탕》이 오데옹 극장에서
상연됨.

1888년(48세) 가을, 병이 악화되어 제대로 걷지도 움직이지도 못
하는 고통을 겪음. 수필집 《파리의 30년 *Trente ans de
Paris ; Souvenirs d'un homme de lettres*》을 출간함.

1889년(49세) 당시 프랑스 문단에 대한 회고집 《어느 문인의 회
상》이 출간됨.

1890년(50세) 육체적인 불편 속에서도 '타르타랭 3부작'의 마지
막에 해당하는 《타라스콩 항구》를 출간함. 4막극 《방해》
가 짐나즈 극장에서 상연됨.

1891년(51세) 장남 레옹이 빅토르 위고의 손녀딸과 결혼함.

1892년(52세) 2월, 3막극 〈거짓말하는 여자〉가 짐나즈 극장에서
상연됨. 장편 《로즈와 니네트》가 출간됨. 고향인 님의
아카데미 명예회원으로 추천됨.

1894년(54세) 병세가 조금 나아지자 자기의 작품을 영어로 번역
한 핸리 제임스를 만나러 가족과 함께 런던으로 감.

1895년(55세) 장편 《작은 성당》이 출간됨.

1896년(56세) 장편 《페드르》가 출간됨. 아카데미 공쿠르 창립 발
　　　　　기인이 됨.
1897년(57세) 1월, 장편 소설 《아를라탱의 보물》을 출판함. 12월
　　　　　16일, 저녁 식사를 하던 도중에 쓰러져 회복되지 못하
　　　　　고 숨을 거둠. 페르라셰즈 묘지에 매장됨.

Hyewon World Best

황금을 바구니에 가득 담아
후손에게 물려 주는 것보다
한 권의 책을 가르쳐 주는 것이 낫다.
재물은 쓸수록 없어지지만
지식과 지혜는 사용할수록 늘어나기 때문이다.

Hyewon World Best

황금을 바구니에 가득 담아
후손에게 물려 주는 것보다
한 권의 책을 가르쳐 주는 것이 낫다.
재물은 쓸수록 없어지지만
지식과 지혜는 사용할수록 늘어나기 때문이다.